良寛

Ryokan

佐々木 隆

コレクション日本歌人選015
Collected Works of Japanese Poets

笠間書院

『良寛』——目次

凡例

一、本書には、江戸時代の歌人良寛の歌五十首を載せた。

一、本書は、良寛自身の配列に従ったことを特色とし、歌と歌の関連性を明らかにすることに重点をおいた。

一、本書は、次の項目からなる。「作品本文」「出典」「口語訳」「鑑賞」「脚注」「略歴」「略年譜」「筆者解説」「読書案内」「付録エッセイ」。

一、テキスト本文と歌番号は、主として歌集『ふるさと』に拠り、適宜漢字をあてて読みやすくした。

一、鑑賞は、一首につき見開き二ページを当てた。

良寛

01

ふるさとへ行く人あらばことづてむけふ近江路《あふみぢ》を我《われ》越えにきと

【出典】歌集『ふるさと』一

故郷の越後《えちご》へ行く人があれば言づけをしたい。今日ようやく近江路を越えましたと。

歌集*『ふるさと』の冒頭の第一首。良寛が故郷から離れる歌。詞書の「近江路をすぎて」と歌の「けふ近江路を我越えにき」と、同じような言葉が繰り返されているので、必ずしも必要であるわけではない。では、詞書の「近江路をすぎて」がなぜあるのか、近江路への思い入れがあるからである。近江路は、良寛が慕《した》い憧《あこが》れた西行*が歩いた道だからである。

この歌は、*源兼澄《みなもとのかねずみ》の「古里へ行く人あらばことづてむけふ鶯の初音きき

【詞書】近江路をすぎて。

【語釈】○近江路―北陸から近江の琵琶湖地方へと入る道。

*歌集『ふるさと』―良寛が五十五歳の頃にそれまでの歌稿を整理して編んだ歌集。六十一首を収める。

きつと」、あるいは*平兼盛《たいらのかねもり》の「便りあらばいかで都へ告げやらむ今日白河の関は越えぬと」を元にしているようである。前者は、新年の春の訪れを鶯の初音に聞き、昔の春を思い出したもの。後者は、白河の関を越えて別な世界へ入ってゆき、懐《なつ》かしい都をすっかり離れたという気持ちをうたったもの。

そのように良寛も、近江路を越えて未知の世界にふれる感動と、さらに遠くなった故郷を思う気持を表現している。今ここに到達した自分の孤独をより深く把握し、心の中に詰まった感情を言葉に出したのである。

「近江路をすぎて」は、岡山県玉島《たましま》の円通寺へ修行に行くことも意味している。西行の旅への熱い思いと旅の感動だけでなく、修行者としての寂寥《せきりよう》感がある。「行く人あらば」という仮定から、そこに故郷へ行く人は誰もいないことが暗示されている。「行く人」と呼びかけられたのは実は良寛の中にある故郷へ帰りたい気持、と私たち「読む人」である。自分の心を、歌を読む人に伝えたい、心の故郷へ伝えてほしいという思いが、この歌集『ふるさと』の序となっているのである。

*西行が歩いた道—西行の『山家集』に「近江路や野路の旅人いそがなむ野洲河原とて遠からぬかは」という歌がある。家族を捨てて出家し、求道者となった西行がかつて歩いた近江路を今自分もこうして歩いているのだという感動がある。

*源兼澄—平安時代中期の歌人。この歌は『後拾遺集』二〇に見え、詞書に「正月二日に逢坂にて鶯の声を聞きて詠み侍りける」とある。

*平兼盛—十世紀後半の歌人。歌は『拾遺集』三三九に載る。

02

山おろしよいたくな吹きそ白妙《しろたへ》の衣《ころも》かたしき旅寝せし夜《よ》は

【出典】歌集『ふるさと』二

山から吹きおろす風よ、そんなに強く吹かないでおくれ。白い衣を敷いて一人旅寝《たびね》をするこんな夜には。

前歌に続く二番目の歌。詞書の赤穂《あこう》は兵庫県赤穂市である。また「宿りぬ」は、近江路からの旅の続きを示している。この歌の「山おろしよいたくな吹きそ」は、『万葉集』*の長歌「山おろしの、風な吹きそと、うち越えて、名に負へる杜《もり》に、風祭《かざまつ》りせな」の部分からとったものであろう。「山おろし」ではなく「山おろしよ」と呼びかける「よ」が付けられることで優しさが生まれている。

【詞書】赤穂てふ所にて、天神の森に宿りぬ。小夜《さよ》ふけ方、嵐のいと寒ふ吹きたりければ。

【語釈】○白妙の―衣や袖など、着物に縁のある語にかかる枕詞。○かたしき―「片敷き」で、夜に衣を敷

原本では「白妙の」の部分は一旦「ちはやふる」と書いて消し、「しろたへの」と書き直している。「ちはやふる」は、神または宇治にかかる枕詞《まくらことば》。詞書の「天神《てんじん》の森」と、長歌の「うち越えて」の「うち」が「宇治《うじ》」に通じ、また「杜に風祭り」と神を意識させる言葉があるので、「ちはやふる」と書いてしまったのであろう。菅原道真《すがわらのみちざね》を祭った天神の森という神域《しんいき》を意識しているのである。

「白妙の」は衣にかかる枕詞であるが、衣の白さは、天満宮《てんまんぐう》とその神社のある森へ敬意を払ったものと考えられる。神道的な清浄《せいじょう》を示す白を意識し、仏教的な僧侶《そうりょ》の黒い墨染《すみぞ》めの衣ではなく、白い衣を敷いたのであろう。『良寛歌集』には白妙ではなく墨染めとなっている歌もある。また「衣かたしき」は独り寝の寂しさを示す言葉。菅原道真の妻との別離の寂しさを思いやるだけではなく、藤原時平《ふじわらのときひら》の中傷により九州の太宰府へ左遷されたその憤《いきどお》りと悲哀と孤独、そして挫折感にも深く共感*したと思われる。良寛の歌には優しさだけではないこうした複雑な感情もしばしば籠《こ》められている。

歌集の一首目の「近江路」の歌は昼であるが、この二首目から五首目まで夜の旅寝の思いが編集されている。

いて寝るとき、妻もない独り寝の状態であることを言う。

*『万葉集』の長歌―巻九・一七五一、高橋虫麻呂の長歌の末尾。天皇が桜を御覧になるまで、風よ吹いてくれるなと詠っている。

*共感した―道真の有名な歌に「東風《こち》ふかば」という梅をうたった春の別れの歌と、百人一首の「このたびは幣もとりあへず」という「この旅《たび》」の途中で紅葉をうたった秋の歌がある。良寛がこれらの歌を思い起こしたとすれば、この歌は、秋にも春にもとれる。「山おろしよ」の優しさから春の歌ではないかと思われる。秋であるならば厳しい旅であることになる。

03

思ひきや道の芝草《しばくさ》うち敷きて今宵《こよひ》も同じ仮寝《かりね》せむとは

【出典】歌集『ふるさと』三

思ってもみなかったよ、道に生えている芝草を敷いて、今夜もまた仮の野宿をすることになるとは。

【詞書】次の日は韓津《からっ》てふ所に到りぬ。今宵宿のなければ。

【語釈】○思ひきや―思っただろうか。過去には思ってもいなかったことを感動をこめて言う。

歌集では、赤穂から兵庫県姫路市の韓津《からっ》へ移動しているように配列されている。詞書に「今宵宿のなければ」とあえて述べるのは、歌に感動のこもった「思ひきや」の言葉を導き入れるためであろう。その「思ひきや」の言葉は、西行の「年たけてまた越ゆべしと思ひきや命なりけり小夜《さよ》の中山《なかやま》」*を十分に思い出させるところがある。西行の歌の「命なりけり」は、わが命、わが人生の頂点に達しているという意味で、「我《われ》」が意識され、01の「けふ近

*年たけてまた越ゆべしと―

江路を我越えにき」の「我」にも通じていると思われる。
　西行に倣《なら》う意識は、「また越ゆべし」の「また」が「今宵も同じ」という繰り返しに通じ、「小夜の中山」の「小夜」が、02の赤穂での歌の詞書「小夜ふけ方」、そしてこの歌の詞書と歌で繰り返される「今宵」にも通じているからである。「道の芝草」とは、良寛が人のあまり通らない道、厳しく寂しい求道《ぐどう》の細い道にいることを示しているのであろう。
「*仮寝」は、西行に「*世の中を厭《いと》ふまでこそ難《かた》からめ仮の宿りを惜しむ君かな」という歌がある。仮の宿りを借りようとして、西行と同じように断られ、仮りの世であるこの世を捨てるだけではなく、この世に捨てられ、こんなところでまた野宿することになったとは、という感動とともに、ここまで真似《まね》るつもりはなかったよという微笑とも苦笑ともつかないものが表現されている。そんな意味も「思ひきや」には含まれているであろう。
　この03の歌は、詞書の「次の日」という言葉で02の歌を明らかに受けている。これは漢詩で言えば、02の歌が起句に当たり、この歌がそれを受ける承句となっていると思われる。

新古今集・羇旅《きりょ》・九八七の歌。小夜の中山は静岡県掛川市にある急な坂道。「また」には過去と現在との対比が強く意識され、坂を越えることが人生の苦難を越えることでもあることを暗示させる。

*仮寝―旅へ出て泊ること、旅寝や野宿。ここでは、人生が旅のようなもので、仮の世として、はかないものであることも意味する。

*世の中を厭ふまでこそ―新古今集・羇旅・九七八の歌。西行が江口の遊女宿の主に一夜の宿を頼んだところ断られたので、主の遊女にやった歌。この世への執着を厭うことは難しいことです。たった一晩の仮の宿りを頼んでも、あなたが私を嫌って断るほどには。

04

津《つ》の国の高野《たかの》の奥の古寺《ふるてら》に杉のしづくを聞きあかしつつ

【出典】歌集『ふるさと』四

津の国の高野の地の奥にある古いお寺に泊まり、夜中に、杉の木立に落ちてくる雨の雫《しずく》の音を聞きながら夜明けを迎えました。

＊高野《たかの》の寺といえば普通、弘法大師《こうぼうだいし》空海《くうかい》が開き、また西行が属した真言宗《しんごんしゅう》高野山金剛峰寺《こうやさんこんごうぶじ》を指す。そこで、歌の「津の国」は「紀の国」の書き誤り＊ではないかと言われる。しかし、旅の道筋からは津の国の方が自然であろう。西行の歌に「津の国の難波《なにわ》の春は夢なれや葦《あし》の枯葉《かれは》に風わたるなり」がある。津の国の高野《たかの》の名前から紀の国の高野《こうや》へと風景の連想が広がってゆく。西行を介して一つの歌の中で二つの土地が結びつけられ、摂津《せっつ》の国という大

【詞書】次の日は高野のみ寺に宿りて。

【語釈】○津の国―摂津の国で、現在の大阪市の南部を言う。○高野―所在については説がある。次の脚注を参照。

＊高野の寺―空海作とされる

きな枠組《わくぐ》みから、高野の奥へと移り、古寺《ふるでら》の中にいて目覚めている自分へ、そしてその自分が耳を傾けている雫《しずく》という小さなものへと焦点が絞られてゆく。外から内へ、旅が内面化、精神化してゆく過程が示されている。

夜を明かしてしまったのは、雫の音が終夜《しゅうや》聞こえていたからである。それは杉の葉の先からしたたり落ちる小さな音であり、山奥の静けさ、沈黙よりも静かな音として伝わってくる。

ここには耳を澄ましている修行者としての良寛がいる。さらに、雫の音が一音一音、一刹那《いっせつな》という生きる瞬間を呼び覚まし、そしてその音の連続から、昔から絶え間なく唱えられてきた高野の寺の祈りの言葉のように感じられたのであろう。この歌は音楽的であることによって宗教的なものになっていると思われる。

また「あかしつつ」の「あか」には仏に手向《たむ》ける閼伽水《あかみず》の意味も隠れているようである。さらに、否定的な意味ではなく飽かす（あきる）ほど十分に聴《き》いたという意味も含まれるであろう。

この歌を詠んだ場所が特定されていないのは、配列を編集するときに、別の時期に作った歌を持ってきたからかとも思われる。漢詩で言えば、展開を示す転句としての飛躍をさせるためとも考えられる。

「高野の奥」をうたった「忘れても汲みやしつらむ旅人の高野の奥の玉川の水」の歌があり、良寛のこの「高野の奥」もおのずから紀州高野山を思わせる。そうであれば、高野は真言宗の寺となる。良寛は、自身が属する曹洞宗の寺に泊まらなかったことになる。

＊書き誤りではないか―渡辺秀英『良寛歌集』の解説によると、原文「津の国」の「つ」は「都」の草書体で「つ」と表記されており、一方「紀州」の「紀」は「機」「起」で表記されるから、書きまちがいや見まちがいはないという。氏はこの寺は土地の人々が高野とも呼んでいる摂津の高代寺《こうだいじ》をさすとするが、良寛の歌はいつ、どこで作ったか判らないことが多く、決定的なことは言えない。

05

あしひきの黒坂山《くろさかやま》の木《こ》の間《ま》より洩《も》りくる月の影のさやけさ

【出典】歌集『ふるさと』五

黒坂山に生い茂っている黒く暗い木々の隙間《すきま》から月光が洩れて落ちてくる。なんと清らかで明るいことか。

【詞書】黒坂山の麓に宿りて。

【語釈】○あしひきの―「山」にかかる枕詞。○黒坂山―所在地についてははっきりしない。

第一首目から旅をしていた良寛はこの五首目で故郷に帰ってきた。黒坂山については、石川県と富山県の県境の山とも、新潟県長岡市和島《わじま》にある山とも言われるが、配列から見て、後者と思われる。詞書に「宿りて」とあるのは和島の小黒家《こぐろけ》に泊まったのであろう。

初句の「あしひきの」は山に掛かる枕詞で、山を足を引きずるように歩くことから出た。そこに言葉を整える修辞以上の意味を読むとすれば、とうとう故郷へ足を引きずって戻って来たという気持ちを籠《こ》めていることになる。良寛の心に故郷へ戻ることに何らかの躊躇《ためらい》や迷う気持ちがあったことが窺われる。しかし、そこへ月の光が旅と心の疲れを癒《いや》すかのように射し、彼の心には澄んだ明るさが生まれたのである。

この歌は、古歌の「木の間より洩りくる月の影みれば心づくしの秋は来にけり」と、「秋風にたなびく雲の絶え間より洩れ出づる月の影のさやけさ」を踏まえているのであろう。月光が「心づくし」の優しさとして慰め、「さやけさ」が心の闇を浄化するようである。それに対し、黒坂山の黒の文字は闇の暗さをより深くし、月の明るさをより明るくするように感じられる。その光明が私たちの心へ差し込んでくるのである。

ここまでの配列についていえば、01の「ふるさと」の歌を歌集の序として別にすると、夜の宿りを詠んだ02の「赤穂・仮寝」を起句、それを受ける03の「韓津・仮寝」が承句、04の「高野・宿泊」が夜を詠んだ転句となる。その04から故郷への帰路につき、この「黒坂山・月」が結句で、故郷に帰り着いたことになる。それぞれの歌が漢詩にいう起承転結の各句に当てはまり、旅における心の変化を一貫性のある詩として展開させていることが分かる。

*木の間より洩りくる—古今集・秋上・一八四・読人知らずの歌。

*秋風にたなびく雲の—新古今集・秋上・四一三・顕輔の歌。百人一首にも載る。

【補説】

この歌集には円通寺の修行時代の歌が一切入っていない。前歌の04に直接この故郷へ帰った歌を続けたのは、歌集名のとおり、全体を「ふるさと」を中心とする歌で構成しようとした良寛の意図が働いていると見られる。

06

岩室《いはむろ》の田中の松をけふ見れば時雨《しぐれ》の雨に濡《ぬ》れつつ立てり

【出典】歌集『ふるさと』六

ここ岩室の田圃《たんぼ》の中に生えている松の木を今日久しぶりに見た。時雨の雨の中に濡れながら私を待って立っていた。

四首続いた夜の宿りの歌の後に、ここでようやく昼となった。岩室《いわむろ》は現新潟市の岩室で、良寛の故郷出雲崎より北にあたる。それにもかかわらず「岩室を過ぎて」の「過ぎて」は、すでに生まれ故郷の出雲崎を通り過ぎ、岩室も過ぎ、良寛がまだ旅を続けようとしていることが見てとれる表現である。「松をけふ見れば」とは、これまで何度もここを通り見ていたが、今日改めてその姿を見直したとも読めるが、配列からみて、長い旅が終ろうとする

【詞書】岩室を過ぎて。

【語釈】○岩室―新潟市岩室。故郷の出雲崎より北にある。○松―松に待《ま》つ《ま》が掛詞になっている。「立ち別れいなばの山の峰に生《お》ふるまつとし聞かば今帰り来む」古今集・離別・三六五・

今、ようやくこの松に再会したと読むべきであろう。懐かしいはずの故郷に戻《もど》ってみたものの、そこがすっかり変貌して、驚かされることがある。良寛もまた、さらに故郷なるものを求めてさらに北へとさ迷っていたのではないだろうか。そして、この松こそが自分を待っていた故郷なるものだったと発見したのである。かつては、風景の一部にすぎなかった一本の松が、自分を待っていた友（あなた）へと変わったのである。

　時雨は秋から冬にかけて一時的に降る通り雨であり、木の葉を色づかせると信じられていた。「時雨の雨に濡れ」について、『万葉集』に「＊長月《ながつき》の時雨の雨に濡れとほり春日《かすが》の山はいろづきにけり」とある。また『古今集』の「＊神無月《かんなづき》時雨にぬるるもみぢ葉はただわび人の袂《たもと》なりけり」の時雨は、袂の色を変える涙である。しかし、「時雨の雨に濡れ」ても、常緑《じょうりょく》の松は色を変えない。帰郷したが、村はすっかり様子が変わり、誰の出迎えもない。ただこの松だけが、昔と変わらぬ姿で自分を雨の中で待っていてくれた。松の木に気づいた時、急に時雨が降り出し、松の木も良寛の体も濡れ、良寛の心も時雨のような涙で濡れたのである。それは寂しいとか喜ばしいとか単純には表現できない感動であるだろう。雨に濡れた松は良寛自身でもある。

百人一首・一六。
　藤原興風は「誰をかも知る人にせむ高砂の松も昔の友ならなくに」（百人一首）友ではない松が昔からの友であったら良かったのにと思っている。

＊長月の時雨の雨に―万葉集・巻十・二一八〇・作者未詳歌。

＊神無月時雨にぬるる―古今集・哀傷・八四〇・躬恒の歌。

07

来てみればわが古里《ふるさと》は荒れにけり庭も籬《まがき》も落ち葉のみして

【出典】歌集『ふるさと』七

帰って来てみると、私の古里は荒れはてていた。庭も垣根も落ち葉がすっかり覆《おお》い尽くしている。

良寛は故郷の出雲崎には戻らなかった。そして一年後には、ようやく国上《くがみ》に落ち着くことになった。国上とは現新潟県燕《つばめ》市国上のことで、真言宗の雲高山国上寺《うんこうざんこくじょうじ》の五合庵《ごごうあん》*を、このあと約二十年あまり借りて暮らすことになる。国上がいわば彼の旅の終着点となった。良寛が宗派の異なる真言宗の寺の庵《いおり》に住んだのは、西行や高野山への親近感があったためと思われる。

「来てみれば」とは、06の詞書の「岩室を過ぎて」、ようやくここにやって

【詞書】国上《くがみ》にて詠める。

【語釈】○籬―垣根のこと。「間垣」から来ている。

*五合庵―国《く》上寺《こくじょうじ》のある国上山《がみやま》の中腹にある。良寛は修行した円通寺の他、曹洞宗の寺に宿泊しなかったようである。その理由として

来たという感慨を示している。「国上にて詠める」とあるからは、出雲崎ではなく国上において、故郷を思い出して詠んだのである。わが家とは言っていないが、「＊庭も籬も」とはわが家の意味であって、実家の手入れがなされず、すっかり荒廃していたことを示している。季節も時雨《しぐれ》の降る頃で、青々とした葉はなく、枯れた落ち葉が音を立てて風に舞っていた。

　この光景は、良寛の＊実家である橘屋《たちばなや》の没落を象徴的に語っている。この歌集ができる前に橘屋は名主の地位を失うが、父の＊以南《いなん》も、良寛に代わって家を継いだ弟の＊由之《ゆうし》も、名主としての経営に失敗し、村の人と対立していた。そんな故郷が、良寛を村の一員として受け入れてくれるはずがない。

　さらに「ふるさと」が荒れてしまったのは、文化八年（一八一一）越後地方で起こった打ち壊《こわ》しにも原因があろう。凶作や米の買い占めなどのせいで困窮した人々は、米屋や高利貸し、酒屋などを襲って家屋を破壊し、米や銀などを奪った。そのような争いを防ぐのが名主の役目であったが、果たせなかった。良寛の心にはそのような家業を放棄し、弟に家を任せたことへの罪悪感があったのではないか。歌集によってこの後、そんな良寛が人々に愛される「良寛さま」へと変わってゆく過程を示されるのである。

良寛は曹洞宗における道元の時代への新しい復古運動に賛成しなかったためと思われる。

＊庭も籬も―この句は、古今集・二四八・僧正遍昭の歌「里は荒れて人はふりにし宿なれや庭も籬も秋の野らなる」によっている。

＊実家である橘屋―良寛の実家の屋号。名主をしていた。

＊以南―44参照。

＊由之―41参照。

08

いにしへを思へば夢かうつつかも夜は時雨《しぐれ》の雨を聞きつつ

【出典】歌集『ふるさと』八

昔のことを思うと、故郷のことは夢だったのか現実だったのかと思う。夜に時雨の雨の音を聞きながらそんなことを思っている。

【語釈】○うつつ―「現《うつ》つ」で、夢に対する現実のこと。○かも―「かな」と同じ詠嘆をしめす古い語。万葉時代に多く使われた。

詞書がないので、これも国上《くがみ》で詠んだ一連の回想的な歌の一つであろう。前の07の「落ち葉」の歌とこの08と二つは季節的な近さもある。歌の並び方を漢詩の起承転結で言えば、06の時雨に濡れた松の歌が「起」で、次に07の「落ち葉」の歌が「承」になる。そして、この08の「いにしへ」は場面が変わって「転」となる。すっかり荒れていた「わが故郷」を、夜になって再び時雨の音を聞きつつ思い出すという構成になっている。「いにしへ」はただ昔という意味だけではなく心の中にある永遠の故郷ではないだろうか。

「夜は」とは、降ったり止《や》んだりする時雨の音を聞きながら昔を思っていることを示している。「聞きつつ」の「つつ」は継続・反復の接続助詞で、時雨の繰り返しに、雨音《あまおと》の繰り返しとともに「思ふ」ことが繰り返されるのである。雨が降ったり止んだりするように、浮かび上がっては沈んでゆく、さまざまな思い出が去来《きょらい》する。楽しかったこと、悲しかったこと、良かったこと、悪かったこと、それらの対象となったもの、その原因になったもの。今はもうなくなったので思い出だけしか残っていない。今あることが夢で、昔あったことが現実だったのか、それとも昔も今もすべてが夢なのか。雨が流れ去って行くように、すべては流れ去ってしまうのだろうか。生涯とは何か、生きていることとは何か、夜の闇の中で良寛は*一人思っている。そして、この歌を詠んだということは空《むな》しさをただ認めることではなく、心の中にある悩み（*煩悩《ぼんのう》）も洗い流され、心が浄化されることになるのである。

＊一人思っている―よく知られている良寛の詩に「生涯身を立つるニ懶《ものう》く、……夜雨、草庵の裡《うち》」という詩がある。聞いていたのはこの歌と同じ時雨の音だったかもしれないが、筆者にはこの詩の場合は、春雨のようにも思われる。

＊煩悩―仏教用語。心身を悩まし苦しめ、汚す精神作用。

09

あしひきの山べに住めばすべをなみ樒《しきみ》つみつつこの日暮らしつ

【出典】歌集『ふるさと』九

山に住むと、何もすることができないので、神や仏に供《そな》える樒などを摘《つ》んで、今日も過ごしています。

これも07「国上《くがみ》にて詠める」の続きであろう。前の夜の歌の思いを受けて、これは昼の暮らしぶりを示す歌となっている。「あしひきの山べに住めば」とは、国上山の五合庵での暮らしのこと。「すべをなみ」とは「術《すべ》」が「ない」ので、何もすることができないという意味である。心を慰めるものや友がいない意味もあるが、没落してゆく弟を助けてやることもできないという弁解であり歎きでもあるのかもしれない。「山べに住めば」とは地理的

【語釈】○すべをなみ―「術《すべ》なし」に理由を示す「み」がついた形。どうしようもなくて。○樒―榊に似、キンカンに似た実をつける。光沢と香気があるので古来仏前に供えられた。

＊山―寺院の名称の上に付け

な条件だけでなく、「山」*はすなわち寺を意味するので、ここは世間を捨てた出家《しゅつけ》であることを示す。樒《しきみ》を摘むのは、出家して世間の俗事《ぞくじ》にかかわれない、その孤独でやるせない気持ちを慰めているように見える。

しかし、樒は常緑樹で、08の時雨で色が変わることなく、07のように落葉することもなく、世俗的な悩みを超える永遠なるもの、聖なるものを象徴する。それを仏前に供えるのである。08のように昔を思うことが故人を偲《しの》ぶことでもあるならば、樒を摘むのは、亡《な》くなった父や母など多くの故人を供養することになり、弟が煩悩から抜け出せるよう祈ることにもなる。良寛はまさに僧としての勤めや作務《さむ》*を果たしているのである。

もし、樒に黄白色の小さな花が咲いて、その枝を摘んでいれば晩春の四月ごろとなる。前の08の晩秋の「雨を聞きつつ」に対して、春秋という対となり、一年の歳月を示すことになる。「摘みつつ」の「つつ」という継続や反復を示す接続助詞を使うことで、このような宗教的な供養をする落ち着いた境地に自分がようやく至ったことを示している。これは起承転結の「結」にあたる。テーマ*は、この歌集「ふるさと」と同じまさに「故郷」である。

られる称号を山号と言う。もともと山に寺が建てられたからである。

＊作務―僧が掃除や労務を修行として行う。

＊テーマ―06〜09四首の、起承転結で組み合わされた題を指す。

10

国上《くがみ》の　大殿《おほとの》の前の　一つ松　幾世《いくよ》経《へ》ぬらむ　ちはやぶる
神さび立てり　朝《あした》には　い行きもとほり　夕べには　そこに出で立ち
立ち居て　見れども飽《あ》かぬ　一つ松はや

【出典】歌集『ふるさと』一〇

国上寺の大きな本堂の前に立つ松には、弘法大師が投げられた金剛杵《こんごうしょ》が枝にかかったと言うが、それからどのくらい年月を経ているのだろうか。今も力強く神々《こうごう》しく立っている。朝に行ってはその周りを歩き、夕べに行ってはそのそばに立つ。立ったり座ったりして見ていても飽きることはない。この一人立つ松は。

この長歌《ちょうか》*は、国上寺の本堂の前にある神の宿るような松の大木に対する賛美をうたったものである。明治になるまで日本の宗教は神仏習合《しんぶつしゅうごう》*が主流だったので、このような自然の中に神を見るといった感覚は自然なものだった。この松は落葉松《からまつ》である。落葉松は日当たりを好み、真っ直ぐに高くそび

【語釈】○神さび―神々《こうごう》しく。「さぶ」は古くていかめしく見える様。○い行きもとほり―行ったり来たり、その辺りをうろうろ廻るこ

え立つ。落葉松は秋には黄葉《こうよう》し葉が落ちる松である。
「見れども飽かぬ」は、*紀友則《きのとものり》の「*春霞たなびく山の桜花見れども飽かぬ君にもあるかな」という歌にあるように、恋心を示す言葉である。この松を恋人のように擬人化《ぎじんか》して讃《たた》えるのは、松が孤独の友であり、普通の赤松や黒松とは違った姿をしていたからではないだろうか。ほれぼれするほど高く真っ直《す》ぐな姿は、心を変えず、いつでもいつまでも、そこにいて見守ってくれる美しい恋人のような魅力あるいは神性《しんせい》を示していたのだろう。
09の「この日暮らしつ」のこの日の暮らしの中で「樒を摘む」ために良寛は毎日、この一つ松の前を通ったと思われる。「朝にはい行きもとほり、夕べにはそこに出で立ち、立ち居て見れども飽かぬ」というのは良寛にとっては特別な讃辞《さんじ》であるとみてよいだろう。松が「ちはやぶる神さび立てり」と言うのも、単なる誇張《こちょう》ではなく、良寛が松に神の現れや生命力を感じていたからである。昔は樒もサカキと呼んだので、ご神木《しんぼく》として、摘んだ樒をこの松の木の前にも捧《ささ》げていたのかもしれない。

と。○立ち居―「居る」は坐っている状態をいう。○飽かぬ―飽きない、満足しない。

*長歌―五音と七音の二句を三回以上繰り返す形式で万葉集に多くみられる。

*神仏習合―日本の神道と仏教の教えを融合させたものである。神と仏が一体となっている。

*紀友則―平安前期の歌人で紀貫之《きのつらゆき》の従兄弟である。古今和歌集の撰者の一人。

*春霞たなびく山の―古今集・恋四・六八四・友則の歌。「見れども飽かぬ」は万葉集にもよく見える古来からの類型表現。「まそ鏡手に取り持ちて見れど飽かぬ君に後れて生けりともなし」（万葉・巻十二・三一八五）など。

11

山かげの荒磯《ありそ》の波のたち返り見れども飽《あ》かぬ一つ松の木

【出典】歌集『ふるさと』一一

松よ、あなたを眺めることは、山陰《やまかげ》の波の荒い磯に波が繰り返し寄せるように、幾度見ても飽きることがないことです。

これは前の長歌10に対する反歌《はんか》である。「山かげの荒磯の波の」までが、「たち返り」を導く序詞《じよことば》で、主題は「たち返り見れども飽かぬ一つ松」にある。この序詞に見える「山」とは、国上山《くがみ》を言っているように思われるが、実は国上山は地理的に海と接していない。したがってこの「山かげ」の山は、国上山の実景から導かれたものではない。この松が10の「国上の大殿の前」の松ならば、日当たりの良い場所にあるはずで、「山かげ」にはない。

【語釈】○荒磯―「あらいそ」のつまった語。

＊反歌―長歌の後に詠み添える歌のことで、長歌に対する補足、その要約や反復などをする。万葉集に多い。良寛が万葉集をよく学んでいたことがうかがえる。

落葉松《からまつ》は日当たりの良い所を好む植物だからである。するとこれは、「たち返り」という言葉を導く以外には意味のない序詞にすぎないのだろうか。

もしこの歌が反歌でなければ、「山かげの」とは山の陰の目立たぬという意味になり、山の向こうに荒磯のある場所がイメージされ、松は山と荒磯の海の間に立っていることになる。それは「国上の大殿の前」の落葉松とは別の松である。何もない海を背景に見るなら、これは06で見たあの岩室《いわむろ》の田の中に一人立つ松にも通じる。厳しい環境に一人立つその姿もまた神々しく、やはり「たち返り見れども飽かぬ」ものであろう。

しかし、この歌の前後に国上山をうたった長歌が現としてあるので、この山とはやはり国上山以外にはないであろう。「山かげの荒磯の波のたち返り」の「山かげ」が、国上山の五合庵に静かに暮らす良寛の生き方を、「荒磯」は人が近寄らない厳しく寂しい場所を暗示すると取れば、山陰の目立たぬ荒磯のような所にいる私ではあるが、そんな私の気持ちを毎日引き立ててくれるのがこの素晴らしい松の木なのだ、といった意味になる。これならば意味のある序詞となるだろう。この「波」は松の梢を吹く風の音を松濤《しょうとう》と波に喩《たと》えるので、良寛の感動する胸の高鳴りの音なのかもしれない。

＊序詞―意味の上または音節の上で、ある言葉を導き出すために前に置く言葉である。枕詞《まくらことば》は一句（五音）が原則だが、序詞には制限がない。
この歌を長歌から独立させれば、この序詞は実景の描写としても読めないことはない。

12

あしひきの　国上《くがみ》の山に　いへ居《ゐ》して　い行き帰らひ
山見れば　山も見が欲《ほ》し　里見れば　里も豊《ゆた》けし
春べには　花咲きををり　秋されば　もみぢを手折《たを》り
ひさかたの　月にかざして　あらたまの　年《とし》に十年《ととせ》は　過ぎにけらしも

【出典】歌集『ふるさと』一二

国上《くがみ》の山の庵《いおり》で暮らし、毎日行き来をして、山を見れば山をもっと見たいと思い、里を見れば里の豊かな様子も見えて来た。春には花が咲きほこり、秋にはもみじを手折《たお》り、春と秋の月にかざして楽しんでいるうちに、いつの間にか、月日は十年も過ぎてしまったようです。

10で「国上の大殿の前の一つ松幾世経ぬらむ」とうたい、松の木が長い風雪に耐えてきたことを寿《ことほ》いだが、ここでは良寛が人生を省みて、「国上にいへ居して」からの十年の生活全体を対《つい》の言葉を使って、これまで過ごして来た日々を寿ぎ、祝福している。この長歌には反歌のようなものはないが、後の歌はすべて反歌だと見ることもできるし、この長歌が後の歌々の序になっているとも考えられる。

【語釈】○いへ居して―家を作って暮らすという意。○い行き帰らひ―「い」は接頭語で「行き」と同じ。「帰らひ」の「ひ」も接尾語で「帰る」と同じ。万葉集・巻七・一一七七「若狭にある三方の海の浜清みい行き帰らひ見れど飽かぬか

この長歌の内容を整理すると、「い行き」と「帰らひ」の対句は、日ごと行なう托鉢への往復の行動を示し、「山見れば」と「里見れば」は山と里を対《つい》として良寛の歩く土地の風景を語り、また、「春べには花咲きををり」と「秋さればもみぢを手折り」では、「花」と「もみぢ」によって季節と美の対を、そして最後の「ひさかたの月」と「あらたまの年」は、年月の経過という時間を表わしていよう。これらの対句的表現を通して、良寛の触れてきたものすべてを表現し、人生を全体的に把握しようとしたのである。

ふと我にかえると、国上での暮しもすでに十年たっていた。十年とは、*芭《ば》蕉《しょう》の句に「秋十《と》とせ却《かへっ》て江戸をさす故郷」とあるような節目の年月である。十年たった今では、国上山が良寛の「ふるさと」になっていたのである。

この長歌が作られた時期も不明である。もし、一度五合庵を離れ、また五合庵に戻った文化元年（一八〇四）の頃ならば、良寛がここをわが故郷と意識したこと、*友人の左一《さいち》の亡くなった文化四年頃ならば、左一との長い友情を省《かえり》みたこと、この歌集が編集された文化九年頃であれば、実家の橘屋がなくなって改めて家族のことを省みたことが、歌を詠む契機となったと思われる。

も」などとある。〇花咲きををり―「ををり」は一杯に繋っていること。

*芭蕉の句―『野ざらし紀行』中の句。伊賀上野の郷里から離れて十年もたってしまうと、住んでいるところが今では故郷となる、ほどの意。良寛は出雲崎が本来の故郷であった。

*友人の左一―三輪《みわ》左一《さいち》は良寛の若い頃からの友人である。

13

賤《しづ》が家《や》の垣根に春の立ちしより若菜摘《わかなつ》まむとしめぬ日はなし

【出典】歌集『ふるさと』一三

粗末《そまつ》な民家の家の屋根に立春の徴《しる》しとなる草の芽を見てから、若菜を摘もうと心に深く思わない日はありません。

「賤《しず》が家」とは、身分や財産のない普通の人々の家のことや自分の家を謙《けん》遜《そん》して言う。ここでは良寛の五合庵のことであろう。しかし、「賤が家」と言って「わが庵」と言わないのは、「賤が家」ならば、若菜を摘もうとしている「ふるさと」の人々の気持ちが併せて表現されるからであろう。

地面から若菜が芽吹《めぶ》くように、春は賤が家の垣根から始まったのである。垣根は家の囲いだけではなく、そこにある植物のことも指す。西行の「心せ*

【語釈】○賤が家―賤《いや》しい者が住む家。○しめぬ―「占める」は心を占領すること。

＊心せん賤が垣根の―山家集・上・三六の歌。私の家

ん賤が垣根の梅はあやなよしなく過ぐる人とどめけり」という歌とは、賤が家（わが家）の垣根に春の梅の花を認めたことと、侘《わ》びしさを慰めてくれる人への意識が共通する。

「賤が家の垣根に春の立ちしより」には、寒々とした長い雪国の冬の風景と暖かな春の風景との対比が前提にある。白い雪が溶け始め、黒い土がだんだん見えてくるだけでも嬉《うれ》しく、芽ばえたばかりの若菜は黒い土との対比で花のようにさえ見えるのである。その小さな若菜を摘むことは、愛《いと》おしい命を頂き、私たちの生きる喜びとするのである。

「春の立ちし」とは立春《りっしゅん》のことである。新しい年の始めであるが、まだ寒く雪が降ることもある。「明日よりは若菜つまむと標《し》めし野に昨日も今日も雪は降りつつ」*という『万葉集』の歌では、雪が降っている。この「標めし野」の「しめ」には「標め」と「染《し》め」（心に深く思い込む）とが掛けられ、ここにも影響を与えている。春の行楽として喜んで人々とする「若菜摘み」と09の一人でしている「榁摘み」と対比すると、良寛の心境が十年の間にどれほど変化したのか分かる。漢詩でいえばこれは次からの三首に対して起句にあたる。

の垣根に梅の花が咲いている。そんな人の訪れないところへも、なぜか不思議に花を見るために梅は人を立ち寄らせてくれる。

*明日よりは若菜つまむと—万葉集・巻八・一四二七・山部赤人の歌。明日から若菜を摘もうと標をした野に、昨日も今日も雪が降り続いていて外へ出られない。

14

若菜摘む賤《しづ》が門田《かどた》の田の崩岸《あず》にちきり鳴くなり春にはなりぬ

【出典】歌集『ふるさと』一四

若菜を摘んでいる貧しい家のそばにある田の崩《くず》れた田では、鳧《けり》が鳴いている。ああ春になったのだなあ。

前の歌の「若菜摘まむ」が、ここでは「若菜摘む」となり、また、「賤が家」から「賤が門田」へとだんだん表に出てきたことが分かる。「春の立ちしより」から「春にはなりぬ」に表現が変化している点も、同じような言葉を使いながら時間の進行を示す対比となっている。

良寛には別に「わが庵《いほ》の前の門田のあぜ」という歌があり、前の13の「賤が家」もやはり良寛の庵であったことがうかがわれる。また、「あず」が

【語釈】○門田—門前に広がる田。○崩岸—畔が崩れた田のことか。○ちきり—千鳥科の鳧のことか。

「あぜ」、「ちきり」が「ちどり」となっているものもある。

角川古語大辞典によれば「畔《あぜ》」は「あず」の訛《なま》りとある。良寛は「あず」というその古い言葉を意図《いと》的に使ったのである。崩岸《あず》は水田の仕切りに土を盛った畔《あぜ》*のことと思われる。春先なので水田には水がまだ張《は》られていないのであろう。「賤が門田の田」は、立派できちんとしたものではなく、貧しい農家の無雑作に作られ壊れて崩れたところのある田である。

「ちきり」は鳧《けり》とも鶺鴒《せきれい》とも言われる。同辞典には、鳧とはチドリ科の鳩ぐらいの鳥で脚は長いと見える。「ちきり」も土地の言葉で、鳧がチキリチキリと鳴いているように聞こえるのであろう。ちきり［ｔｉｋｉｒｉ］という（ｉ）の音が高い音を示して、鳴く声がキラキラと輝いて、鳥が春の喜びを歌っているようである。『万葉集』の東歌《あずまうた》*のようなこうした言葉遣《づか》いをすることによって、古さと土着性、春の喜びの根源性を示そうとしたのである。

春が「賤が家の垣根」から「若菜摘み」へ、そして「賤が門田」の畔またはその崩れた所で鳴く鳥へと広がってゆく。前の歌を受け、漢詩で言えば承句としての配列となっている。

＊畔―小さな堤になって、水をためられるようになっている。境界であり通路でもある。

＊東歌―東国地方で作られた民謡風の短歌、万葉集巻十四に収められている。

15

この園《その》の柳のもとに円居《まろゐ》して遊ぶ春日《はるひ》は楽しきをづめ

【出典】歌集『ふるさと』一五

この園の柳の木のそばで、皆が輪になって集《つど》い、春の日の遊びとして、歌ったり踊ったりして「おずめ」を楽しんでいる。

「園」とは果樹・野菜などを植える庭園のことであるが、ここでは、13の垣根から14の門田へと外へ出てきて、水のない田のことを雅《みや》びに「園」と表現したと思われる。人々は若菜を摘むだけではなく、ここではさらにくつろぎ遊んでいるのである。

柳は、『万葉集』に「梅の花咲きたる苑《その》の青柳《あをやぎ》をかづらにしてむ遊び暮らさな」*とあるように、青い芽を吹いてきた柳である。柳の木は再生力が強

【語釈】○円居《まろゐ》―丸く輪になって坐ること。○をづめ―「小集楽」と書いて、橋のたもとなどで男女が集まって、歌舞したり遊ぶ集会。

*梅の花咲きたる―万葉集・巻五・八二五の歌。梅の花の咲いた園の青柳を髪飾り

く、枝を挿《さ》すと根が付き再生する。冬枯れの死んでいた世界が春となって甦《よみがえ》ったことをこの柳の芽吹きが象徴しているのである。

「柳のもとに円居《まろい》して遊ぶ」や「をづめ」という表現から、近所の家族、老若男女が集まって来ていることが知られる。それは楽しい宴《うたげ》であり、手《て》拍子《びょうし》も聞こえてきたであろう。これは柳の木のそばで春を喜び寿《ことほ》ぐ宗教的な儀礼でもあったと思われる。

楽しき「小集楽《おづめ》」（歌舞の集い）について、『万葉集』に「*住吉《すみのえ》のをづめに出でてまさかにも己妻《おのづま》すらを鏡と見つも」とあり、笑いをさそうものであったようだ。住吉《すみよし》は航海の安全を祈る神でもあり、和歌《わか》の神でもあった。それゆえ「をづめ」はもともとは祭儀と結びついた野遊びであったと思われる。男女が求婚する*歌垣《うたがき》のような要素も含まれていたのであろう。生きることの悦《よろこ》びと生殖の性が春の息吹《いぶき》の中にあふれてくるようである。良寛の住んだ土地でも、柳の木のそばで土地（田）の神を祭って行われていたのである。ここで話題が若菜摘みの楽しさから大人の遊びへと変わっている。漢詩の転句にあたる。

にして遊び暮らそうよ。

＊住吉のをづめに出でて—万葉集・巻十六・三八〇八の歌。住吉の小集楽に参加したら、自分の妻がとりわけ美しかったので、思わず鏡を見るように妻を見つめてしまった。

＊歌垣—求愛のために男女が集まって求愛の和歌を歌い合い、踊ったりした。嬥歌《かがい》とも言う。

16

梅の花折りてかざして石《いそ》の上《かみ》古《ふ》りにしことを偲《しの》びつるかも

【出典】歌集『ふるさと』一六

可憐《かれん》な梅の花を髪にかざして、その芳《かぐわ》しい香《かお》りから遠い遠い昔の人々のことや子ども時代のことを懐かしく思い浮かべたことでした。

梅の花を折って髪に飾り、その香りに遠い昔のことをしのんだという歌であるが、「梅の花折りかざしつつ諸人《もろびと》の遊ぶを見れば都しぞ思ふ」*という『万葉集』の歌が元になっている。この「諸人の遊ぶ」と前の15の「円居して遊ぶ」が通じ、15の「この園の柳のもとに」の緑の「柳」と、16の「梅の花折りてかざして」の白い「梅」が春を象徴する対《つい》として配置されている。「石の上」は「ふる」（古る・降る）に掛かる枕詞で、古歌には「石の上古*

【語釈】○石の上―石上にあった布留という地名から同音の「古る・降る」などにかかる枕詞。

*梅の花折りかざしつつ―万葉集・巻五・八四三の歌。

*石の上古き都を―新古今

集・春上・八八・読人知らずの歌。

き都を来てみれば昔かざしし花咲きにけり」などとある。

花などを髪に飾るのは、その生命力にあやかって不老長寿を寿ぐためと言われる。梅の花は花の美しさよりもその香りを重んじたので、髪にかざせば当然、香りが漂っている。「昔かざしし」には、昔の人がかざしたという意味と、私が昔かざしたという意味が含まれる。良寛は「古りにしこと」という言葉を用いることによって『万葉集』に描かれた春の情景や、奈良の都の春の楽しみまでも懐かしく思い起こしているのである。

人々が若菜摘みに外へ出かけ、田園で柳の木の下に円居《まろい》して歌ったり踊ったりする。そして梅の花を髪にかざりその香りから、昔のこと、古代のことがしのばれて来るのである。さらに、それが子どもの頃のことまでも懐かしく思い出させるのである。こうした回想の歌を良寛が組み込むのは、彼が当時の寿命だった五十代となり、晩年を意識し、一生を振り返ったからだと思われる。一連の大人の遊びの風景がこの16で終わり、この歌が漢詩でいえば結句となる。

17

霞《かすみ》立つ永《なが》き春日《はるひ》に子どもらと手まりつきつつこの日暮らしつ

【出典】歌集『ふるさと』一七

春霞がうらうらと立ち上《のぼ》るこの長い春の日、私は子どもらと一緒になって、手鞠《てまり》をつきながら一日を暮らしたことでした。

「霞立つ」は春の枕詞である。霞は、春になって遠くの山がかすんで見える現象。「永き」は、日の短かった冬が終わり、日の長くなった春を表す。ゆっくりとした時間の流れるのどかな春の光景が思い浮かぶ。

「霞み立つ永き春日」は、『万葉集』の「霞立つ永き春日をかざせれどいやなつかしき梅の花かも」*を本歌にしたものであろう。なつかしき昔を思うことが家族や子どもたちが遊びまわる地域などの過去へとさかのぼり、さら

*霞み立つ永き春日を―万葉集・巻五・八四六。この歌の「いやなつかしき」は16で見た「偲びつるかも」と

に、一人一人の子どもの頃という人間の本来の在り方へとさかのぼる。それは遊びが気晴しに終るものだけではなく、人間の根源にある自由で嘘《うそ》のない、汚《けが》れなき童心《どうしん》とかかわってゆくのである。

「手まりつきつつ」からは、時間がリズミカルな手鞠《てまり》の音で刻まれ、手鞠*唄も聞こえてくるようだ。「子どもらと」の「と」が加わることで、心も揺れ、良寛と子どもの境がなくなり、子どもと一緒になり、良寛と我々の間にある境もなくなるのである。

「この日暮らしつ」の「つ」は完了を示す。この日への集中は、禅における「而今《にこん》」という、過去や未来への思い煩《わずら》いから離れ、ただ今ここに生きることへ集中するという境地に通じる。わずらいやこわばりから解放され、手鞠と子どもらが一つになった*遊戯三昧《ゆげざんまい》の境地が示される。いかにも禅の修行者（沙門《しゃもん》）としての良寛の真摯《しんし》な実践とその境地がよく現われていると言えよう。その光景を直《じか》に見た人には良寛と子どもたちが輝いていて、あたかも御光《ごこう》が差《さ》しているように感じられたであろう。

これは子どもをうたう歌の起句。16の歌に人生の終りを感じたとすれば、子どもたちの人生の始まりを対比するように配列したのではないだろうか。

ほぼ同じ意味。昔のことをなつかしく思い出すという点で、この辺りの配列は万葉集を意識した編集と思われる。

＊手鞠唄も聞こえてくる―このあたりは『梁塵秘抄』の有名な「遊びをせんとや生まれけむ、戯れせんとや生《む》まれけん。遊ぶ子どもの声聞けば、わが身さへこそ揺るがるれ」という今様に通じる。

＊遊戯三昧の境地―仏のように自由自在の境地を言う。道元の『正法眼蔵』が「菩提薩埵四摂法」として挙げる「布施・愛語・利行・同事」のうちの「同事」に相当する。「同事」とは相手と共通の立場に立つことで、喜び楽しみを子どもと共有することでこの行を行っていることになる。

18　この里に手まりつきつつ子どもらと遊ぶ春日は暮れずともよし

【出典】歌集『ふるさと』一八

この里で私は子どもらと手鞠をつきつつ、春の一日を遊び暮らしている、この一日が、暮れないでいて欲しい。

前の歌を承《う》け、「手まりつきつつ」と「子どもらと」、そして「春日」の言葉が共通している。「この里に」の「に」は、手鞠をついている場所だけでなく、良寛が山から里に下りてきていることも示している。「この里に」という場所と前の歌の「この日」という時間の設定によって、状況が現実的なものになり、*一期一会《いちごいちえ》のかけがえのない出会いが示されることになる。子どもらと遊び狂ずる良寛の姿と、手鞠が眩《まぶ》しいほどに輝いている。「この里に」

【語釈】○暮れずともよし―暮れなくても暮れてもよろしいというニュアンス。

*一期一会―一生にたった一回の出会いであることを重視する考え。禅の影響を受

には、07の「古里は荒れにけり」と詠まれた場所も含まれているのだろうが、それがここではいつも春であるような桃源郷《とうげんきょう》、仏教的にいえば極楽浄土《ごくらくじょうど》のイメージに変わっているのである。

「遊ぶ春日」は、「手まりつきつつ子どもらと遊ぶ」と「遊ぶ春日は暮れずともよし」と両方にかかわる。前の部分は、子どもたちと一体になって我を忘れ、時の経つのも忘れて遊んでいる忘我《ぼうが》の体験を示す。それは自分の歳《とし》を忘れ、遊ぶ子どもとなることであり、すべての人の子どもだった時代の共通経験を甦《よみがえ》らす。後の部分はそれを振り返って遊べるような春の日がいつまでも続いて欲しいという願いである。

しかしこの永き春日にも、子どもたちが家に帰らなければならない夕暮れが迫ってきている。「暮れずともよし」の「とも」は、「暮れる」の否定の「暮れず」を強調して、暮れない方が良いということであるが、「とも」には放任や推量そして意志の意味もある。「遊ぶ春日」が、暮れても、暮れなくても良いという執着《しゅうちゃく》のない放任（放下《ほうげ》）の態度である。だから、この日が終わっても、この里での出来事は永遠に忘れられないものとなる。良寛と子どもたちとのかけがえのない至福の時だと言ってよい。

けた茶会の心得からきた言葉。

【補注】この歌には、別に「いまだ春浅かりけるほどに、地蔵堂と云ふ地に行きて」という詞書の付いた本がある。「いまだ春浅かりけるほど」が早春を意味するなら、まだ「永き春日」ではない。この一連の歌よりも別の時間に別の場所で詠まれたことになる。歌の配列と時間的な前後関係が変わってしまうので、詞書を外したと思われる。

19

この宮のもりの木下《こした》に子どもらと遊ぶ春日になりにけらしも

【出典】歌集『ふるさと』一九

このお社《やしろ》の森《もり》の木の下の空き地で、子どもたちと一緒に遊べる春の日にようやくなったことだよ。

【語釈】○なりにけらしも―「けらしも」は「けるらしも」のつまった言葉で、万葉的な古い言い方。

「この宮のもり」の「もり」は、原文では万葉仮名で「毛里《もり》」と書かれていて、「森」「杜」の二様に当てることができる。「もり」とは本来、樹木の茂った神社など神聖な聖域、神の降りてくる場所を意味する。森ならば、常緑樹などの木が多く生え、ほの暗く寒い感じがするが、ここはいわゆる奥深い森林の意味ではない。杜《もり》ならば、神社の境内の木の下で子どもらが遊ぶ姿や声がして、我々にどこかで見た風景を思い出させる。当てる文字*によって

＊当てる文字―02の詞書「天神の森」は万葉仮名ではなく、漢字で「森」と書かれ

イメージがずいぶん違ってくるわけだ。

　前の歌の別な歌集の詞書によれば、そこはただの遊び場ではなく、地蔵が子どもを見守っている場所であった。またこの歌の「この宮」とは、神の住む場所として、神がそこにいることを示す場所である。つまり、無心に遊ぶ子どもが神や仏の在り方に近いことを、良寛は*認めていたのである。

　先の17の「この日暮らしつ」の「つ」には、この一日を把握してこの一日を*生き切ったという感がある。そして18の「この里に手まりつきつつ」には、生き生きとした手鞠とのかかわりが捉《とら》えられていた。この歌の「子どもらと遊ぶ春日」は18の歌と同じであるが、17と18にあった「手まりつきつつ」という具体的な言葉がなくなり、「手まり」から「遊び」へと言葉が替わっている。遊びは、欲や怒りや憎しみそして悲しみを忘れさせる。無心になるならば、それは神も参加して遊んでいるとも、あるいは*涅槃《ねはん》の境地がそこに実現しているとも言えるだろう。

　遊ぶことの中で子どもたちは光となり、澄んだ笑い声は春のような暖かさとなり、そこはいつも春の光に満ちた浄土となるのである。

　この歌は、子どもとの遊びをうたった一連の歌の中では、転句となる。

ている。

＊認めていた―明治になって神仏分離令が出るまでは、神仏習合が信仰の一般的な形態であり、良寛は仏も神も子どもたちを等しく見守っていると信じていたであろう。「この宮のもりの木下」の「木下」は修行を表す「樹下《じゅか》石上《せきじょう》」の樹下とも置き換えられる。修行者の身を自覚していた良寛にとって十分に考えられることである。

＊生き切ったという感―子供との関わりを詠じた「青陽二月初」という良寛の詩に「元来《もともと》ただ、這《こ》れ、是《これ》だけ」という句がある。この歌にも禅的なかけがえのないものを指す意識がある。

＊涅槃―迷いや悩みの消えた悟りの境地。

20

ひさかたの天《あま》ぎる雪と見るまでに降るは桜の花にぞありける

【出典】歌集『ふるさと』二〇

空一面が曇《くも》ったようになり、雪が降ってきたのかと見えるほどに、舞い散ってくるのは桜の花なのだなあ。

前の歌で「遊ぶ春日になりにけらしも」と春になったことを喜んでいたかと思うと、この歌では一瞬、冬の雪かと思わせるほど白い桜の花が散り始め、春の美しい終わりが告げられる。

「ひさかたの天《あま》ぎる雪」は、『古今《こきん》集』の「梅の花それとも見えず久方の天《あま》霧《ぎ》る雪のなべて降れれば」*に拠《よ》っている。四季の自然美の代表的なものである雪月花《せつげつか》の組み合わせのうちの雪と花を意識させるものであるが、さらに良

【語釈】○天ぎる雪―雲や霧で空がくもるさま。

*梅の花それとも見えず―古今集・冬・三三四・読人知らずの歌。梅の花に空に霧がかかったように雪が降っ

寛のこの歌は、『万葉集』に「＊梅の花それとも見えず降る雪のいちしろけむな間使《まづか》ひやらば」と、「＊天霧《あまぎ》らひ降り来る雪の消《け》なめども君に逢はむとながらへ渡る」という隣り合って並べられている＊相聞《そうもん》の恋の歌とも関わらせているように思われる。

良寛が雪と見誤るばかり激しく降る桜の花に、恋人を想うような胸騒ぎを覚えるのは彼が慕う花の歌人西行の影響であろう。これまでの子どもたちの歌の次に置かれていることから、手鞠をついて無心に遊んでいた一人の小さな女の子が成長し、美しい少女に変わっていった姿が思い浮かんでいたのかもしれない。さらに言えば、貧しさから身を売られ、遊びの仲間や、故郷から去ってゆくことをも暗示しているかのようである。この歌には単なる美的な感動だけでなく、散る花の悲しみも含まれているのではないだろうか。

この歌で、子どもたちが遊んでいる舞台へ白い桜の幕がおり、手鞠も子どもたちの姿も消えてしまう。歌集『ふるさと』は季節の場面を変え、大人の世界へと再び戻るのである。子どもの頃は時間の推移《すいい》をあまり感じないが、大人になると時を感じざるをえない、そんな良寛の想いも籠められているのかもしれない。

てきて、雪と花の区別がつかなくなった。

＊梅の花それとも見えず—万葉集・巻十・二三四四。梅の花が見分けのつかぬほど降る雪のようにどうしようもなく知られてしまいますね、しきりに恋人の所へ間をおかず使いをやると。

＊天霧らひ降り来る雪の—万葉集・同・二三四五。空が曇って降ってくる雪が消えてしまっても、私はあなたにいつまでも会いたくて長く生きています。

＊相聞—男女、親子、友人などの間で贈答された歌で、恋の歌が多い。
　なお、良寛には漢詩の編集でも並べた二つの異なった詩の出典が同じ詩から採られていることがよくある。

21

青山《あをやま》の木《こ》ぬれたちくきほととぎす鳴く声聞けば春は過ぎけり

【出典】歌集『ふるさと』二一

山が緑一色になって、見えない梢の間で夏の到来を知らせるホトトギスが鳴いているのを聞くと、春は本当に過ぎてしまったのだなあと感じられる。

緑の「青山」は視覚的に、姿の見えない「ほととぎす」は聴覚的に、初夏になったことを示している。17から子どもらの歌が配列され、20で桜が散って春が終わるという構成と、ホトトギスの鳴く歌が三首ここから配列され、24で蝉《せみ》が鳴いて夏が終わるという構成は、どちらも同じような漢詩的なまとまりを示している。その意味でこの歌は、夏の歌の起句になっている。

「木ぬれたちくき」の句は、*大伴家持《おおとものやかもち》の「足引き*の山辺にをればほととぎ

【語釈】○木ぬれ—梢に同じ。○たちくき—「くき」は「潜る」という意の動詞。

*大伴家持—奈良時代の歌人で万葉集を編集したと言われている。没落しつつある大伴氏の長として悩んだことに名主橘屋の長男であっ

す木の間《こま》立ち潜《く》き鳴かぬ日はなし」という歌に拠っており、その『万葉集』の詞書には、家持が鬱屈《うっくつ》した気持ちを晴らそうとしてこの歌を作ったとある。国上山の暮しの中にいる良寛は、この家持の「鳴かぬ日はなし」の嘆《なげ》きに共感するものがあったと思われる。さらに家持は「*足引きの木の間立ちくくほととぎすかく聞きそめてのち恋ひむかも」とも歌っている。また、三、四句目の「ほととぎす鳴く声聞けば」は、「*ほととぎす鳴く声聞けば別れにし古里さへぞ恋しかりける」を本歌とするが、この『古今集』の夏歌におけるホトトギスは、悲しげに鳴き、嘆きを歌い、右の家持の歌とも共通する。「別れにし古里」という歌から、良寛はかつて出家して離れた古里と、行脚《あんぎゃ》から帰って見た荒れた古里、そして今の古里のことを思ったことであろう。末句の「春は過ぎけり」という感慨《かんがい》には、歌集の編集から言って、季節の移り変わりや、春に子どもたちと遊んだ春を懐かしく思うとともに、人生の無常を感じていることまで含まれるのである。

　良寛は友人の三輪左一《みわさいち》が亡くなった時に、「寂寥《さびしさ》に堪えきれず、尋ねて去《ゆ》けば、万朶《ばんだ》の咲く青山に杜鵑《ほととぎす》が鳴く」という意味の詩を作っているので、この歌も、そうした観点からみた読み方がなお可能である。

た良寛は共感したのかもしれない。

*足引きの山辺にをれば―万葉集・巻十七・三九一一。山辺に暮らしていると、ホトトギスが木の間を潜って飛び回り、その鳴く声を聞かない日はない。

*足引きの木の間立ちくく―万葉集・巻七・一四九五。木の間を飛びくぐって鳴くホトトギスをこう聞き始めて、あとで懐かしく想うことになるだろう。

*ほととぎす鳴く声聞けば―古今集・夏・一四六・読人知らず。ホトトギスの鳴き声を聞くと、別れた人が住んでいた場所までが恋しくなってきます。

22

ほととぎす汝《な》が鳴く声をなつかしみこの日暮らしつその山のべに

【出典】歌集『ふるさと』二二

ホトトギスよ、お前の鳴く声を聞きたくなったので、とうとう今日の一日をお前が鳴くこの山のべで送り暮らしてしまったのだよ。

【語釈】○なつかしみ―なつかしいので。「み」は理由を示す。

この歌の元となった歌は、『古今集』の「*ほととぎす汝《な》が鳴く里のあまたあればなほ疎《うと》まれぬ思ふものから」で、前の歌で引用された「ほととぎす鳴く声聞けば」の次に出ており、良寛はその配列を意識していたと思われる。

「汝が鳴く声」という語から懐かしく思い出されるのが、*柿本人麻呂《かきのもとのひとまろ》の「*近江《あふみ》の海夕波千鳥汝《な》が鳴けば情《こころ》もしのに古《いにし》へ思ほゆ」という歌である。この時良寛が「なつかしし」んだ対象は、美しかった春の風景だけでなく、亡く

*ほととぎす汝が鳴く里の―古今集・夏・一四七・読人

なった家族のことや、変わってしまった古里の情景などの昔日に対する嘆きも心に浮かんだはずである。思い出は楽しいことばかりではなく、つらいことも思い出されてくる。また、ホトトギスには死者の国（冥土《めいど》）と生者の国（この世）を往来する鳥という伝説がある。良寛はさまざまな亡くなった人たちのことも思い出しているように思われる。

　このホトトギスの歌も、声のみを聞いたもので、ホトトギスの姿は見ていない。おそらく西行の「*五月雨《さみだれ》の晴れ間も見えぬ雲路《くもじ》より山ほととぎす鳴きて過ぐなり」を意識しているのであろう。見えないことから逆になつかしく「思う」ということが導かれるのである。

「ほととぎす」には良寛には特別な思い入れもある。それは良寛が心の師として仰いだ道元《どうげん》が、*天童如浄《てんどうにょじょう》の「杜鵑《とけん》鳴いて山竹《さんちく》裂く」（ホトトギスが鳴いて山の竹が裂けた）という言葉を聞いて深い感銘を受けたという教えがあるからである。なつかしさという感覚は、本来的なもの、根源的なものへの直感なのである。

　ホトトギスが過ぎた春をしのばせる前の歌から、やって来た夏をなつかしく思わせる歌へと引き継がれている。漢詩における承句といえよう。

知らず。ホトトギスよ、お前が鳴いている里があちこちに多いのがかえって疎ましくなる。お前をこんなに思っているだから。

*柿本人麻呂―持統・文武両天皇に仕えた万葉集を代表する歌人。

*近江の海夕波千鳥―万葉集・巻三・二六六。近江の海の夕べに波の際で千鳥よお前が鳴くと、心しみじみと昔のことが思い出される。

*五月雨の晴れ間も見えぬ―山家集・一九八。梅雨の晴れ間もない雲の中をホトトギスが鳴いて飛んでゆく。目には見えないが声が空から落ちてくることよ。

*天童如浄―道元の中国での師。

23

世の中を憂《う》しと思《も》へばかほととぎす木《こ》の間《ま》がくれに鳴き渡るなり

【出典】歌集『ふるさと』二三

この世の中を憂くつらいと思うからなのだろうか、ホトトギスは木の間に隠れて鳴いて渡ってゆく。

ホトトギスを歌った三首目。最初の「世の中を憂《う》しと思《も》へば」は、明らかに*山上憶良《やまのうえのおくら》の「*貧窮問答歌《ひんきゅうもんどうか》」の反歌「*世の中を憂《う》しと恥《やさ》しと思へども飛び立ちかねつ鳥にしあらねば」を本歌としている。その「貧窮問答歌」には「いかにしつつか汝《な》が世は渡る」（どのようにしてお前は暮らしているのか）という問いがあり、この「汝が世は渡る」に、良寛の歌は「木の間がくれに鳴き渡る」と対応しているように思われる。ま

＊山上憶良—奈良時代の歌人で、社会的な問題を詠んだことで知られている。

＊貧窮問答歌—憶良の代表歌として知られる長歌。貧者と窮者が互いの苦しい境遇を問答体の形で嘆きあう。「風まじり雨降る夜の、雨まじり雪降る夜は…」と始

た「貧窮問答歌」の中には「*しもと取る里長《さとおさ》が声は、寝屋処《ねやど》まで来立ち呼ばひぬ、かくばかり術《すべ》なきものか世間《よのなか》の道」という部分があり、この「術《すべ》なきものか」という表現は、09で見た「すべをなみ」という言葉に対応するものであろう。良寛の実家は出雲崎の名主だったので、その家の仕事がこの過酷な里長のそれと通じることを知っていたはずである。

　この歌の「木の間がくれに」飛ぶホトトギスには、出家し世の中を離れたはずの自分も、このホトトギスのようにあちらこちらを行脚《あんぎゃ》し、古里へ戻ったものの、目立たぬように托鉢《たくはつ》（乞食《こつじき》）をしながら隠れるように暮らしているという姿が、喩《たと》えられているのではあるまいか。

　良寛のこの歌も詠まれた年代が不明であるが、帰郷して間もない頃、故郷の人々に受け入れられないでいた時期のものかも知れない。

　良寛は子どもの歌の次に、大人の世間のありさまや自分自身の在り方を憂《うれ》いている。「鳴き渡るなり」の「鳴き」は嘆きであり、「泣き」でもある。「渡る」とはそのようにして世間に暮らしているという意味である。ホトトギスが、こうした憂いを思い出させ、その飛び方がそのまま自分の在り方を象徴するものに変わったのである。漢詩で言えば転句に当たっていよう。

まる。

＊世の中を憂しと恥しと―万葉集・巻五・八九三。世の中をつらいと思い、恥ずかしいと思うけれども、鳥ではないので、この世から飛び立って去ることができない。

＊しもと取る―鞭《むち》を持った里長が寝ている所までやって来て、わめく。こんな酷《むご》い仕打ちに何をなすこともできないままで生きていくのがこの世というものなのか。

24

わくらばに人も通はぬ山里はこずゑに蝉の声ばかりして

【出典】歌集『ふるさと』二四

たまにしか人が訪れて来ないこの山里は、木々の梢で蝉が鳴いている声だけが聞こえてくる。

【語釈】○わくらばに―たまたまに。まれに、偶然に。

初句「わくらばに」は、『古今集』の在原行平《ありはらのゆきひら》の名歌「わくらばに問ふ人あらば須磨《すま》の浦に藻塩《もしお》たれつつ侘《わ》ぶと答へよ」あたりから習った表現であろう。先にも見た憶良の「貧窮問答歌」にも「わくらばに人とはあるを」という言葉が見えるが、これは、人間に生まれることは極めて希有《けう》だと説く仏教思想に由来し、良寛のこの歌とは直接つながっていない。

「山里」といえば、やはり『古今集』に「山里は物の侘びしきことこそあ

＊わくらばに問ふ人―古今集・雑下・九六二。たまたま私のことを尋ねる人がいたなら須磨の浦で塩を焼きながらしょんぼり過ごしていると伝えてほしい。

れ世の憂きよりは住みよかりける」という歌が参考になるかもしれない。しかし、この良寛の歌からは、侘びしさというより、しーんとした孤独の方が強く感じられる。それは禅における悟りの境地を示すような芭蕉の「閑かさや岩にしみいる蟬の声」を思い出させる心境である。

＊山里は物の侘びしき―古今集・雑下・九四四・読人知らず。

この歌と同じような山里の情景を詠んだものに、『古今集』の「＊蜩《ひぐらし》の鳴く山里の夕暮れは風よりほかに訪《と》ふ人もなし」という歌がある。良寛はこの歌の「風」ではなく、訪れるものは夏の終りを告げるカナカナと鳴く「蟬」の声としたのだ。

＊蜩の鳴く山里の―古今集・秋上・二〇五・読人知らず。

空を覆う木々の梢を見上げると、枝の先まで蟬の声が満ちているようである。国上寺は真言密教の寺なので、僧たちが世の中の平安と人々の幸福そして死者の冥福を祈る真言の呪文《じゅもん》を唱える声が蟬の鳴き声のように聞こえたという可能性もある。いずれにせよ、その声が自己を取り巻く自然の中に溶け込んで一体となり、神秘的な世界を作り出したのであろう。

ホトトギスがここでセミに変じ、夏の終りを告げる結句となっている。

25

月夜《つきよ》よみ門田《かどた》の田居《たゐ》に出でてみれば遠《とほ》山もとに霧立ちわたる

【出典】歌集『ふるさと』二五

月夜がとても美しいので、家の前の田圃《たんぼ》に出てみると、遠くの山の麓《ふもと》は霧が立ちこめていました。

「月夜よみ」で始まる歌に、『万葉集』の「*月夜良《つくよよ》み門《かど》に出で立ち足占《あうら》して行く時さへや妹《いも》に逢はざらむ」がある。良寛も同じように美しい月に誘《さそ》われて外に出たくなったのである。

「門田の田居」は門のそばにある田。14にも「賤《しづ》が門田の田の崩岸《あず》に」とあった。若菜摘みを楽しみにした身近な春を感じた同じ場所から、秋の月の明かりで見える遠くの山もとの麓を眺めた。「遠山もとに」という言葉は、

【語釈】○月夜よみ―「よみ」は「良み」。「よいので」と理由を示して下に続く。○門田の田居―門前の田。

*月夜良み門に出で立ち―万葉集・巻十二・三〇〇六・作者未詳歌。月がよいので門に出て、歩きながら恋人

やはり『万葉集』に「時*は今は春になりぬとみ雪降る遠き山辺に霞たなびく」と見えるが、『万葉集』では、遠い山べに霞がたなびく春の光景が描かれるのに対して、良寛の歌には、霧立ちわたる秋の夕べが描かれる。同じ山でも季節と時間が異なることで、まったく違った風景となったことに感動しているのである。そういう意味では、風景との出合いもまた一期一会《いちごいちえ》の出会いの経験であろう。

月がとても明るく、遠くの山までも照らし、秋の夜の霧が山の麓に立ちこめている。良寛はおそらくその秋の夜の奥行きに*幽玄《ゆうげん》なるものを強く感じたのであろう。

この秋の霧と対比される春の霞が思い出されれば、秋と春という対比によって、人生の春と秋の違いまでも感じられるようになる。17の「霞立つ永き春日」などの子どもと遊んだ春を意識して編集がなされているからである。さらに春の歌がすべて朝や昼間であるのに対し、秋の歌は「月夜よみ」というように夕べと夜になっている。季節の対比をあたかも明と暗で示そうとしているようである。それはそれぞれの季節の特徴を理解させてくれるであろう。この歌は、ここから秋が始まるという起句となる。

に逢えるかどうか占って、それがよくても悪くても、とにかく逢いに行こう。

*時は今は春になりぬと―万葉集・巻八・一四三九・中臣武良自《むらじ》。もう今は春となったと語るかのごとく、雪の降った遠い山辺にも霞がたなびいている。

*幽玄―静かで暗く、かすかで奥深いことを示す。和歌や能では美的なものとしても尊重される。もともとは仏教用語であった。

26

わが待ちし秋は来《き》ぬらしこの夕べ草むらごとに虫の声する

【出典】歌集『ふるさと』二六

私の待っていた秋がようやく来てくれたらしい。この夕べ、それぞれの草むらごとに、それぞれの虫の鳴く声がするから。

良寛の待っていた秋は、ささやくように小さな声で鳴く虫の秋であった。虫の声によって、夏の暑さが急にすずしくなって気持ちよくなってゆくようである。「草むらごとに」鳴き方が違う虫がいる。離れて聞く鳥の声とは違い、身近で聞くのである。それを、自分のために秋とともにやって来てくれて私のために鳴いてくれているかのように感じるのである。聞いている場所は、前にも出た庵のそばの「門田の田居」であろう。

しかし、『古今集』にある虫の声は、「*わがために来る秋にしもあらなくに虫の音《ね》聞けばまづぞ悲しき」、「*秋の夜は露こそことに寒からし草むらごとに虫の侘《わ》ぶれば」とあるように、どれも侘《わ》びしげである。

良寛の感じているものは、そのような悲しいとか侘びしいものとは少し違ったものだ。虫の鳴くことを人の泣くことに結びつけたり、小さな声を侘びしく聞くだけでなく、優しく語りかけてくる声としても聴くのである。

良寛はよくアシジの*聖フランシスコに比べられる。フランシスコもまた小鳥や蝉にも話しかけ、太陽や月や星を友とした。フランシスコは臨終の時に「ようこそ、わたしの兄弟である死よ」と呼びかけたと伝えられているが、良寛と一つだけ違うことは、フランシスコには子どもにかかわる話がないことである。虫の小ささは、良寛にとって子どもの小ささに通じるように思われる。つまり、良寛の待っていた秋が良寛の所へやってきて小さな声で語り始めたのである。中国の説話集『*聊斎志異《りょうさいしい》』には子どもの魂がコオロギとなって虫合わせで活躍する話が出てくる。では、これは虫の語るいかなる話なのか。次の27の歌から始まる七夕の物語がそれを教えてくれる。

*わがために来る秋にしも―古今集・秋上・一八六・読人知らず。私一人のために来る秋でもないのに、虫の声を聞くと、私は誰よりも悲しくなります。

*秋の夜は露こそことに―古今集・秋上・一九九・読人知らず。秋の夜の露が寒さをましているのだろうか。草むらの虫も侘びしげに鳴いている。

*聖フランシスコ―（一一八一―一二二六）清貧と〈キリストのまねび〉そして祈りに生きた。キリストに最も聖者として知られている。

*聊斎志異―清朝の初期に作られた短編小説集。蒲松《ほしょう》齢《れい》作。神仙や鬼や狐が起こす怪奇譚四百三十編近くを収める。

27

久方《ひさかた》の棚機《たなばた》つ女《め》は今もかも天《あま》の河原に出《い》で立たすらし

【出典】歌集『ふるさと』二七

七夕《たなばた》の織姫《おりひめ》は、彦星《ひこぼし》のいる向こう岸を眺めながら、今ちようど、彦星を迎えるために天《あま》の川の河原に立っておられるのだろう。

【語釈】○棚機つ女―七夕の織女星。織姫《おりひめ》。○天の河原―天の川の河原。○立たすらし―お立ちであろう。

この歌は誰でもが知る七夕《たなばた》の物語を踏まえたもの。七夕は陰暦七月七日の秋に行われる星祭りの行事である。女性が機織りなどの技芸の上達を願った。「たなばた」はタナ（横板）をつけたハタ（機）の意味で、「棚機《たなばた》つ女《め》」とは、それで布を織る女性を指す。

「久方の」は天、月、空などにかかる枕詞で、織姫がいる天空のイメージと結びつく。はるか彼方の存在として、遠い川の向こうに、今しも一人の女性が立っている情景が見えてくる。「立たすらし」の「す」は尊敬語で、織姫を天上世界の聖なる存在と見ていることが分かる。

この歌は、『古今集』の「秋風の吹きにし日より久方の天の河原に立たぬ日はなし」*という歌を元としている。織姫もまた、彦星に逢いたくて、七夕の日の何日も前から河原に立つのである。「今もかも」の「かも」は詠嘆をこめた係助詞。昔も今も変わらない恋しさと、繰り返される別れの悲しみが彼女を待っているという事実に、良寛は涙を誘われているのである。それでも毎年七夕になると、河原に一人で立っている。この「今もかも」という言葉の中に、せっかく逢えても共に暮らせないという永遠の寂しさや孤独感への良寛の深い共感がある。

良寛が生きた江戸時代は封建制社会であった。身分の上下関係によって社会の秩序が保たれていた。身分の違いから、親の許しが得られずに結婚できなかった男女が大勢いた。そうした悲劇を良寛もいくつも見聞きしていたことであろう。織姫に流す涙はそうした不幸な人々への涙と重なっている。

ここから七夕の物語が始まるので、これは秋の歌の転句であると同時に起句でもある。

*秋風の吹きにし日より―古今集・秋上・一七三・読人知らず。秋風の吹いた日より天の河原に織姫が立たない日はありません。

【補説】良寛は身分違いの恋愛を御法度として決して非難はしない。また恋を迷いだとも断じないところに、良寛の優しさがある。

また、天の川の壮大なイメージは、松尾芭蕉の「荒海や佐渡に横たふ天の川」という俳句にもある。佐渡島と新潟の間の海が良寛の原風景としてあるのではないだろうか。

28

渡《わた》し守《もり》はや舟出せよぬばたまの夜霧《よぎり》は立ちぬ川の瀬ごとに

【出典】歌集『ふるさと』二八

渡し守さん、はやく舟を出してください。夜の始まりを告げる暗い夜霧が川の瀬ごとにもう立ち始めています。

この歌の第二句までは、『万葉集』の作者未詳歌「渡り守舟はや渡せ一年《ひととせ》に二度《ふたたび》通ふ君にあらなくに」*に拠ったのであろう。彦星に早く逢いたいために、渡し守に催促しているのである。前歌では、離れた場所から織姫《おりひめ》を憐れんで歌うという距離があったが、この歌は天の河原に立っている織姫になり代わって詠んだもの。これは第三者として他と共感することを超え、良寛が織姫自身になりきっていることを示している。

【語釈】○ぬばたまの—黒・夜・髪・闇・夢・寝など黒いものにかかる枕詞。

*渡り守舟はや渡せ—万葉集・巻十・二〇七七・作者未詳歌。渡し守さん、舟を早く渡してください。一年に二度も通ってこられるあ

『万葉集』にはもう一首、良寛が参考にしたと思われる歌に、「*君が舟今漕ぎ来らし天の川霧立ち渡るこの川の瀬に」という歌もある。「舟」「川の瀬」「霧立ち」など、良寛歌と共通する。

「ぬばたまの」は夜の枕詞で、夜を強調し、その夜を知らせる霧は、やがて訪れる恋人の先触れでもある。川の浅い瀬ごとに、夜となったことを示す夜霧が立っている。すでに舟を出す時となった。この情景には、早く逢わせてほしいという織姫の急《せ》かれる気持ちがよく表れている。また、もし織姫に直接声をかけられているとすれば、渡し守は織姫のいるこちら側にいることになる。渡し守は彦星を迎えるために向こうまで行くことになろう。

『古今集』の「*恋ひ恋ひて逢ふ夜は今宵天の川霧立ちわたり明けずもあらなむ」という七夕歌は、夜霧が二人を隠したまま夜が明けないでくれと願った歌。しかし、あまり霧が濃いと川岸を隠してしまい、迷って自分の所へ来られないのではないかという不安も感じられる。また、27で述べたように(補説)、佐渡島と新潟との間の海が天の川のモデルだとすれば、良寛は、*佐渡に伝わる悲恋の物語も思い浮かべていたのではないだろうか。

この歌、七夕歌としては承句、25からの霧の歌としては結句になる。

の方ではないのですから。

*君が舟今漕ぎ来らし—万葉集・巻十・二〇四五・作者未詳歌。あなたは今舟を漕がれて天の川を渡っていることでしょう。この川の浅瀬には霧が広がってきました。

*恋ひ恋ひて逢ふ夜は—古今集・秋上・一七六・読人知らず。どんなに恋しくても逢えるのは年に一度の今宵かぎり。天の川の霧が立ちわたったまま朝が明けなければよいのに。

*佐渡に伝わる—新潟県の佐渡島に伝わる悲恋の民話。漁師の娘が船大工の男の元へタライ舟に乗って海を渡ったが、目印の灯台の火が消され、娘は海を漂い死んでしまった。男もその後を追って、海に身を投げて死んだ。

29

ひさかたの天《あま》の河原《かはら》の渡し守川波高し心して越《こ》せ

天の河原の渡し守さん、川の波が高く立っているので、気を付けてあの人をこちらまで渡してください。

【出典】歌集『ふるさと』二九

前歌の「舟出せよ」の次にあるこの歌に「越せ」とあるので、舟は次第にこちらへ近づいて来ていることが分かる。「川波高し心して越せ」とは織姫が川を渡る心配や不安を感じて渡し守へかけた言葉である。その思いは何も語られていない恋人へのものである。『古今集』に「久方の天の川原の渡し守君渡りなば楫《かぢ》隠してよ」というやはり渡し守へ呼びかけた歌があるが、渡し守はいわば恋を成就《じようじゆ》させるための仲立ちなのである。良寛は織姫の立場

【語釈】○心して越せ―注意して渡って来い。「越せ」は「越す」の命令形。

＊久方の天の川原の渡し守―古今集・秋上・一七四。天の川の渡し守よ、あの方が渡り終えたなら、帰れない

に立ち、さらに渡し守にもなったつもりで織姫の言葉を聞いているようである。

しかし、この「心して越せ」とは、彦星が織姫のいる岸へやって来ることを期待して言った言葉のようにも読めるし、夜が明けて彦星がもとの岸へ無事に戻ることを期待しているようにも読める。こちらへ越して来るのか、向こうへ越していくのか。来るのならば、情景は夕暮であって嬉しい心配であるし、帰ってしまうのならば、悲しい心配である。情景は夜明けの頃になる。つまり「越せ」という言葉の読み方によって歌の理解に違いが出てくるのであるが、読者にはどちらにも読む自由がある。渡し守がこちらにいるならば、彦星はこちらから向こうの岸へ帰ることになるし、織姫が向う岸の渡し守に祈っているのなら、舟は織姫のいるこちらの岸へ来ることになるだろう。

これまで、天の川に佐渡島と新潟の間の海を喩えてきたが、歴史家の田中[*]圭一《けいいち》氏によれば、良寛の母おのぶは佐渡の人で、良寛の父以南《いなん》と結婚する前に、他の男性と結婚したが、家の事情ですぐに別れさせられたと言う。想像をたくましくすれば、この織姫はその母のことだったのかもしれない。

自分の気持ちだけを思う歌から、相手の身を案じる方へ心が転じているので、これが転句となる。


ように楫を隠してしまっておくれ。

＊田中圭一氏によれば―氏は良寛が母の前夫との間の子ではないかとほのめかしている。そうなれば家督を自分が継がず弟に譲ったことが説明できる。

30

ぬばたまの夜《よ》は更《ふ》けぬらし虫の音《ね》もわが衣手《ころもで》もうたて露けき

【出典】歌集『ふるさと』三〇

夜はすっかり更けてしまったらしい。虫の音も、秋の私の袖《そで》も、露ですっかりしめってしまいました。

元になった歌は「ぬばたまの夜は更けぬらし玉くしげ二上山《ふたかみやま》に月傾《かたぶ》きぬ」＊という『万葉集』の歌であろう。「玉くしげ」は櫛《くし》を入れる箱のこと。箱には蓋《ふた》があるので「ふた」の枕詞となる。二上山は雄岳《おだけ》と雌岳《めだけ》の二つの峰からなることから、男女二人の関係を示し、月が傾くことは、通常は朝が近づいて二人の時間が残り少なくなったことを意味するが、これは恋人の訪れを待っていたが、とうとう来なかったという女性の嘆きを歌った歌とも取れる。

【語釈】○衣手―袖のこと。○うたて―ますますひどく。

＊ぬばたまの夜は更けぬらし―万葉集・巻十七・三九五五・土師道良《はにしみちよし》の歌。「ぬばたま」は「うばたま」とも読む。

前の歌で、もし天の川を彦星が渡って来られなかったのなら、右の歌を介して、この良寛の歌は前の29と結びついていることになる。

しかし、無事渡ってきて翌朝に戻ったのだとすると、織姫は嬉しさの後《のち》に、もう今夜はやって来ないのだという悲しさのため眠られずに泣いていることになる。来なかった恋人か、帰って行った恋人か、この場合も、取りようによってやはり違う結果を示すことになろう。

良寛は26で歌った虫をここに再び登場させているが、ここでは虫を、子どもではなく、女性に喩《たと》えていて、虫の音を人の声として聞いているようである。「鳴く」ことと「泣く」ことを重ねており、「露」は涙を表現しているのだろう。虫の音は露にしめって小さくなり、同時に棚機《たなばた》つ女《め》（織姫）の衣手（袖）が濡れる。そしてまた、「わが衣手」とは良寛の衣手でもあるのだ。

織姫の悲しみの話を小さな虫から聞き、同情して泣いたという物語風の構成がこの背後に意識されていたように思われる。

いずれにせよ、これは七夕の次の日の話であり、そういう意味でいえば結句となるだろう。しかし、ここから秋の寒さや寂しさの歌が始まるとすれば、次の歌々の起句ともなる。

山部赤人の「ぬば玉の夜の更《ふ》け行けば、楸生《ひさぎお》ふる清き川原に、千鳥頻《しば》鳴く」万葉集・巻六・九二五が意識にあって千鳥の鳴くことから虫が鳴くことへ繊細な感覚が向かったようにも思われる。

31

今よりは継《つ》ぎて夜寒《よざ》むになりぬらし綴《つづ》れ刺《さ》せてふ虫の声する

【出典】歌集『ふるさと』三一

今日《きょう》からはだんだんと夜が寒くなってゆくでしょう。虫の声が、「衣の破れを継いで繕《つくろ》え」というように聞こえてくる。

【語釈】○継ぎて—日に継いで。日毎に。○綴れ刺せてふ—衣の綴れを縫いさすという意味に、コオロギの鳴き声が「つづれさせ」と聞こえることを掛ける。

この歌は夜を「継ぎて」という言葉を衣の破れを継ぐ「継ぎ」にかけ、さらに、コオロギの鳴き声が「つづれさせ」と聞こえることと結びつけたユーモアである。前の30の虫の音の忍び泣きが、「つづれさせ」と語る声に変わって聞こえるようになってきたというのである。「つづれさせ」は前の歌の「衣手」の衣とのつながっていよう。破れ衣をついでいるような良寛の貧しい生活が思い浮ぶが、衣を繕《つくろ》うのは女性の仕事であったので、いま虫の声を聞いているのは女性かも知れない。いわば良寛は女性の身になって歌っているのである。

『古今集』にこれと似た歌に「*秋風に綻《ほころ》びぬらし藤袴《ふぢばかま》つづりさせてふきりぎりす鳴く」という歌がある。良寛はそれにもう一首、『古今集』の「*今よりは継ぎて降らなむわが宿の芒《すすき》おしなみ降れる白雪」とを結びつけ、イメージをより豊かにしていると思われる。

また、『万葉集』に「*今よりは秋風寒く吹きなむをいかにか一人長き夜を寝む」があるが、これから寒い夜を孤独のうちに過ごさなければならないという点ではこの歌ともつながっていよう。

「虫の声」は26の秋の始まりを示し、30と31では秋の深まりを示し、対応している。そういえば、26と31の間に、虫が語った織姫の物語が挟《はさ》まれていたが、それは良寛自身の体験から作られた実詠歌と区別してカッコに入れてあるように思われる。また、そのカッコ内の歌は、夜の歌という点で共通しているだろう。迷いや悩みを夜の闇に喩えたのだとすれば、その闇の中にも真実や純粋な情があることを示し、良寛はみずからを慰めているようにも思われる。前の虫の声を受けているので承句となる。

*秋風に綻《ほころ》びぬらし―古今集・誹諧歌・一〇二〇・在原棟梁。紫の藤袴の色目《いろめ》の袴《はかま》が秋風にほころびたらしい。コオロギが「繕《つくろ》いなさい」と鳴いている。

*今よりは継ぎて降らなむ―古今集・冬・三一八・読人知らず。今からは続いて降ることになるのだろうか、わが家の芒をなびかせるように降った白雪が。

*今よりは秋風寒く―万葉集・巻三・四六二・大伴家持。今からは秋風が吹き寒くなるだろう。どうしたら一人で長い夜を寝られるだろうか。

32

石《いそ》の上古川《かみふるかは》の辺《べ》の萩《はぎ》の花今宵《こよひ》の雨に移ろひぬらむ

【出典】歌集『ふるさと』三二

―昼間見た、あの古川のあたりに咲いていた可憐な萩の花は、今宵の雨で散ってしまうことであろう。―

枕詞「石の上」は、16の「梅の花」にもあった。ここでは赤紫色の小さな花の「萩の花」と結びつけられており、良寛にとって、小さな可憐なものとの関わりがあるようである。「石の上古川の辺」と古くからあるものに、わずかな時間咲いて散る萩の花と対比し、花のはかなさを強調する。

この「古川の辺」は、『古今集』の「初瀬川《*はつせがわ》ふる川の辺《へ》に二本《ふたもと》ある杉年を経てまたも逢ひ見む二本《ふたもと》ある杉」によるのであろう。また「移ろひぬらむ」

＊初瀬川ふる川の辺に―古今集・雑体・一〇〇九の旋頭歌。初瀬川のふる川の辺に

という結句は、同じ『古今集』にある「*暮《く》ると明くと目離《か》れぬものを梅の花いつの人まに移ろひぬらむ」が意識されている。「移ろう」には短い時間に色がかわったという意味と、散ったという意味が込められる。変わらぬものの美しさよりも、はかないものが変わる美しさに心が惹かれるは、その一瞬の美によって我々の存在のはかなさという事実が示され、はかないものにも存在する意味があることが啓示されるからであろう。

原本には「散り過ぎぬらし」と書いた脇に「うつろひぬらむ」と少し小さく書いて、どちらも消していない。ここでは「うつろひぬらむ」を採ったが、たぶん良寛自身、迷ったままであったのだろう。「散り過ぎぬらし」の方は、家持《やかもち》に「*さ男鹿《をじか》の胸別《むなわけ》にかも秋萩の散りすぎにける盛りかも去《い》ぬる」という歌がある。この家持の歌のおもしろさは、雄鹿《おすじか》のたくましさと、萩の可憐さが対比されていることにあるが、このあと36にも鹿が出てくるので無関係ではないと思われる。

「今宵の雨に」とは、夜の庵の中で雨の音を聞きつつ、昼間咲いていた萩を思い出して、雨に濡れ色あせ、あるいは散ってゆくその花を愛《いと》しく思っているのである。虫の音から雨の音に変わる転句。

立つ二本の杉の木よ、年を経てからまたお前と逢ってみようではないか。

*暮ると明くと目離れぬものを―古今集・春上・四五・紀貫之。日が暮れても夜が明けても、目を離さないでいたのに、誰も気づかぬうちの梅の花は散ってしまったのだろうか。

*さ男鹿の胸別にかも―万葉集・巻八・一五九九・家持。秋萩が散ってしまったのは、雄鹿が胸で押し分けたのかもしれない、それとも盛りが過ぎてしまったのか。

33

さびしさに草の庵《いほり》を出でてみれば稲葉《いなば》押しなみ秋風ぞ吹く

【出典】歌集『ふるさと』三三

さびしさから草庵から表へ出てみると、田の稲葉を押しなびかせながら秋風が吹いていた。

この歌は、『後拾遺集《ごしゆうい》』*の良暹法師《りようぜん》*「淋しさに宿を立ち出でて眺むればいづくも同じ秋の夕暮れ」*を本歌としたもの。寂しさの感じ方に僧侶としての孤独と無常感があるように思われる。「さびしさに」から「宿を立ち出でて」と「草の庵を出でて」までほぼ同じ構文である。また、「稲葉押しなみ」は『新古今集』にある源経信《つねのぶ》の「旅寝して暁がたの鹿の音《ね》に稲葉押しなみ秋風ぞ吹く」*による。したがって、この良寛の歌は、鹿の音を秋風が遠くから運

【語釈】○草の庵―草庵。粗末な庵のこと。

*後拾遺集―平安後期の白河天皇の命による和歌集。

*良暹法師―平安中期の僧・歌人、百人一首にも収められている。

*淋しさに宿を立ち出でて―

んでくるような「さびしさ」をも含み、また良寛のこの歌の時間は、夕暮れとも早朝とも読めるから、それぞれの本歌の風情を味わうことができる。

「秋風ぞ吹く」については、これも『後拾遺集』にある*能因《のういん》法師の「*都をば霞とともに立ちしかど秋風ぞ吹く白河の関」が思い起こされよう。能因のこの歌は、都からこんな遠くの白河へ来てしまったという旅の距離感と春の風景の華《はな》やかさと秋風の風景の寂しさの情感の対比が時の移ろいの早さを強く感じさせ、それが旅にも喩《たと》えられる人生の無常というものを感じさせるのである。

『古今集』には、「*昨日こそ早苗とりしかいつの間に稲葉そよぎて秋風の吹く」という歌もある。小さな早苗が成長し、穂《ほ》を垂れ、葉を風にそよがせるほど成長した。この水田の風景の対比は、春秋の季節の変化や時の移ろいを感じさせる。「秋風ぞ吹く」は、風と共に何かが去り、終わってしまったことを示す結句としてふさわしい。秋風に押され揺れなびいている稲葉の姿には、私たちの生のたよりなさも認められる。「さびしさ」の生まれてくる生というものを認めるからこそ、生きることの愛《いとお》しさもあるのであろう。

後拾遺集・秋上・三三三・良暹。百人一首の歌。

*旅寝して暁がたの―新古今集・羇旅《きりょ》・九二〇・経信。

*能因―平安中期の歌人、奥州に旅をして歌を詠んだことで知られている。

*都をば霞とともに―後拾遺集・羇旅・五一八。

*昨日こそ早苗とりしか―古今集・秋上・一七二・読人知らず。つい昨日、苗代の早苗を取って田植えの準備をしたばかりなのに、いつの間にか稲葉をそよがせて秋風が吹いている。

34

わが宿を訪《たづ》ねて来ませ足引きの山のもみぢを手折《たを》りがてらに

【出典】歌集『ふるさと』三四

私の宿をどなたでもいいから、訪ねてきてくださらないか。山のもみじを手折りに出たというついででもけっこうだから。

【語釈】○来ませ—おいでなさい。「せ」は尊敬の助動詞「す」の命令形。

この歌の初句「わが宿を」が、「わが庵を」あるいは「寂しくば」となっている歌集もあるが、「寂しくば」だと相手が寂しいことになる。前の33の歌が、わが身の寂しさを訴えていたのに呼応して、この歌はその寂しさを慰めるために友を誘い招こうというのである。

下句の「足引きの山のもみぢ」は、『万葉集』の「足引きの山のもみぢ葉*今宵もか浮かび行くらむ山川《やまがわ》の瀬に」に倣《なら》ったものであろう。夜の暗さの中

*足引きの山のもみぢ葉—万葉集・巻十・一五八七・大伴書持《ふみもち》。山の黄葉《もみじ》の葉は今宵も散り、山川の瀬に浮か

を流れて行くもみじが、山川を明るく照らし、山の紅葉は明るく花のようになっている。もし、客が燃えるような紅葉を持ってきてくれれば、それは寂しい心を照らす松明《たいまつ》*の如きものとなったであろう。

「ついでもよいから」という「手折りがてらに」という言葉は、一見、副次的な目的であるかのようであるが、その実、本音は、「山のもみぢ」という華やかなものを楽しむことが目的だったのであろう。本当は33で感じた寂しさを慰めるための懇願《こんがん》なのである。この「がてらに」という言葉は、『古今集』にある「わが宿の花見がてらに来る人は散りなむのちぞ恋しかるべき」*が参考になっていよう。春の桜と秋の紅葉の華やかさに違いはあっても、行楽《こうらく》のついでに訪問することが似ている。また共に、すねてはいても、私のことを思ってほしいという、本当は人恋しいところも共通する。しかし、ますます生命感にあふれてゆく春と比べると、秋の華やかさは夕映《ゆうば》えの寂しさをも感じさせるのである。12で見た長歌で、春「花咲きををり」と秋「もみぢを手折り」と対比されていた「手折り」がここで再び示されているのは良寛が歌集の構成を考えて編集しているためであろう。

この歌から紅葉の歌が始まり起句となっている。

び流れて行くのだろう。

＊松明―枯れた松のやにの多い部分に竹などを束ねて、燃やし屋外の照明に使った。トーチ。

＊わが宿の花見がてらに―古今集・春上・六七・躬恒。私の屋敷に花見がてらに来る人は、桜が散ったあとでも私のことなどまるで思い出さず、桜のことばかり恋しく思うのでしょう。

35

秋山をわが越えくればたまぼこの道も照るまでにもみぢしにけり

【出典】歌集『ふるさと』三五

秋の山を私が越えてくると、ゆく先の道が照り映えるほど、紅葉が素晴らしいものとなっていた。

「秋山を」で始まる紅葉の歌には『万葉集』に「秋山をゆめ人懸《か》くな忘れにしそのもみぢ葉の思ほゆらくは」があり、秋の山から黄葉への連想と黄葉の美しさへの賛美が共通する。

「わが越えくれば」の句は、右の万葉歌の次に並んでいる「大坂をわが越え来れば二上《ふたかみ》にもみぢ葉流る時雨《しぐれ》降りつつ」や、源実朝《さねとも》の『金槐集《きんかい》』「箱根《はこね》路《ぢ》をわが越え来れば伊豆の海や沖の小島に波の寄る見ゆ」などに見え、これ

【語釈】○たまぼこの―「玉鉾の」。「道」にかかる枕詞。

*秋山をゆめ人懸くな―万葉集・巻十・二一八四・作者未詳歌。秋の山のことを決して口にしないでおくれ。忘れていたあの黄葉を思い

らも急に風景が変わり、展望が開けたことを感じさせる点で共通する。

「たまぼこの道も照るまで」の「たまぼこの」は道の枕詞であるが、玉と鉾《ほこ》から光り輝くもののイメージが導かれるならば、「道も照るまで」の意味が強調されることになる。紅葉と夕日に彩《いろど》られている美しい風景が感じられ、そこを歩いた良寛*まで紅葉に染まっているようである。この歌を読んだ人は自分もここに来てみたいと思うであろう。

上の句が『万葉集』の右にあげた隣り合わせの二首の言葉で結ばれるのは偶然ではなく、古典の編集の中に自らの心も織り込むという意図のもとにあえて作ったからであると思われる。それはこの歌の中心である「もみぢしにけり」を強調するためでもある。「もみぢしにけり」は色が変わったところであって、まだ散ってはいない。それ故、紅葉が道に散り敷かれているわけではなく、もみぢの色が道に照り映えているのである。

『万葉集』にも「*わが衣《ころも》色どり染めむ味酒《うまさけ》三室《みむろ》の山はもみぢしにけり」とあるように、周囲のすべてが紅葉の色で美しく染まったのである。前の34を受けて、山の紅葉がどれほど魅力的なのか説明しているので、紅葉の歌の承句となる。

出してしまうから。

＊大坂をわが越え来れば―万葉集・巻十・二一八五・作者未詳歌。大坂を私が越えてくると、二上山からもみじ葉が舞い落ちてくる。時雨が降っているからだろう。

＊源実朝―鎌倉幕府三代将軍、頼朝の次男・母は北条政子、万葉調の歌を詠んだ。

＊箱根路をわが越え来れば―金槐集・六三九。

＊良寛まで紅葉に染まっている―良寛の辞世の句は「うらをみせおもてを見せて散るもみぢ」と自分をもみぢに喩えている。（『蓮の露』貞心尼）

＊わが衣色どり染めむ―万葉集・巻七・一〇九四。私の衣の色を、三室の山の見事な黄葉の色で染めたいものだ。

36

このごろの寝ざめに聞けば高砂《たかさご》の尾上《をのへ》に響く小牡鹿《さをしか》の声

【出典】歌集『ふるさと』三六

このごろ、秋の夜にふと目覚めると、いつもこの峰の上まで、鹿の悲しげな鳴き声が聞こえてくることだ。

『万葉集』によく似た「*この頃の朝明《あさけ》に聞けば足引きの山呼びとよめさ牡《お》鹿《じか》鳴くも」という歌があるが、この歌が元になっているなら、良寛は夜明け前の早朝に目覚めたことになるが、時間は特に問題になるまい。

「寝ざめ」の鹿をうたったものに、鹿の音《ね》と寂しさを結びつけた『古今集』の「*山里は秋こそことに侘《わ》びしけれ鹿の鳴く音《ね》に目を覚ましつつ」という歌があり、また、奥山に鳴く「鹿の声」については、その一首あとに、「*奥山

【語釈】○高砂の―兵庫県にある海岸の固有名詞ではなく、小高い山を示す一般名詞として「尾上」にかかる枕詞として使われている。

*この頃の朝明に聞けば―万葉集・巻八・一六〇三・家持。この頃の朝ごとに聞こ

に紅葉踏み分け鳴く鹿の声聞くときぞ秋は悲しき」という有名な歌がある。人も鹿もある悲しさを交感しているような歌だが、『古今集』の編者が、一首前の「山里は」の夜の目覚めの歌の後にこの歌を配置したところからすると、時刻も夜なのであろう。そうすると、奥山へ萩の黄葉《もみじ》をカサカサと乾いた音を立てて分け入ってゆくのは、人ではなく鹿ということになる。良寛が嚙みしめている寂しさが、ここでは単に人間の孤独感だけにとどまらず、鹿という動物の心の自然の美的な感動としても捉えられ、趣《おもむ》きの深さがより一層感じられるものとなっている。「高砂の尾上」に鹿を配置したのは、『古今集』の「*秋萩の花咲きにけり高砂の尾上の鹿は今や鳴くらむ」によるのだろうが、良寛の歌の鹿は、奥山の尾上では鳴いていないかもしれない。良寛自身が「尾上」にいるように思われるからである。

歌には直接使われていない「侘しさ」や「悲しさ」が、こうした『古今和歌集』の歌を通じて感じられ、紅葉を見るついでに来てほしいという願いから、友の存在を切実に求める良寛の心の叫びに変わっているようである。美しい風景で友を誘う前の歌から転じて、小牡鹿《さおじか》に直接的に呼びかけるように変わっており、転句となっている。

えてくるのは山に響く牡鹿の鳴き声である。

＊山里は秋こそことに—古今集・秋上・二一四・壬生忠岑。

＊奥山に紅葉踏み分け—古今集・秋上・二一五・読人知らず。古今集の配列から「もみじ」はカエデの赤い紅葉ではなく萩の黄色い黄葉を暗闇で見えないとしても、イメージさせていると思われる。

＊秋萩の花咲きにけり—古今集・秋上・二一八・藤原敏行。

37

山里《やまざと》はうら寂しくぞなりにける木々の梢の散り行く見れば

【出典】歌集『ふるさと』三七

秋も深まり、山里はなんとなく心さびしくなりました。山の木々の梢の色づいた葉が散ってゆくのを見ていると。

この歌は源宗于《むねゆき》の『古今集』「山里は冬ぞさびしさ勝りける人目も草もかれぬと思へば」*に由来する。『百人一首』にもあるのでよく知られている。「かれぬ」は草が枯れると人目が離《か》れるを掛けた機知《きち》を示すもので、さびしさの二つの原因を明示したもの。

では、冬の「さびしさ」とは異なる良寛の秋の山里の「うら寂しさ」とはどのようなものであるか。「うら寂し」の「うら」は心という意味となんと

【語釈】○うら寂しく―「うら」は表にはみえない心を表す意から、なんとなくという意でも使われた。

*山里は冬ぞさびしさ―古今集・冬・三一五・宗于。山里は冬こそ寂しさが増す。人目も離れ、草も枯れてし

なくという意味がある。冬の寂しさは、訪れる人が全くなくなり、草や木が枯れきって何もない寂しさである。それに対し、秋の寂しさには、訪れる人がだんだん減ってくる人恋しさや、木の葉が様々《さまざま》に色を変えて散ってゆく、変化する美しさがさまざまに交差《こうさ》する。そうした光景の変化が揺れ動く微妙な心の変化を引きおこした寂しさもあるのである。ただ寂しい、心細いというだけではなく、美意識としての寂《*さび》もあろう。

源宗于の「思へば」と良寛の「見れば」の違いは、機知の歌として観念的に捉えることと、視覚的な感覚で捉えることの違いであるが、「見れば」からは、色鮮《いろあざ》やかな紅葉した木の葉が風に舞い散り、次第にどこかへ行ってしまう情景が読み取れる。紅葉を見るついでに庵《いおり》を訪ねてほしいと願ったあの時からはかなりの時間がたっている。

「木々の梢」とは、夏には蝉が鳴き、隠れていた高い木々の梢の細い枝が、木の葉が散ってだんだん見えてきたこと。小さな葉の一枚一枚が飛んで消えてゆく木の様子《ようす》がだんだん寂しくなってゆくのを見ていると、心も同じように寂しくなってゆくのである。紅葉から始まった歌は、ここで紅葉が散った秋の終わりを示しているので結句となる。

まうと思うと。

＊寂《さび》―芭蕉の俳句などにある枯れ、侘《わび》ているものをさす言葉。世俗的な虚飾を取り除いた真実で、禅的な境地をさす。

38

もみぢ葉は散りはするとも谷川に影だに残せ秋の形見《かたみ》に

【出典】歌集『ふるさと』三八

紅葉の葉が散ってゆくとしても、谷川にせめて影くらいは残してほしい。秋の思い出の形見として。

前の歌の「散り行く見れば」「うら寂しくぞなりにける」を受けて、「散りはするとも」と、紅葉が散ってしまう寂しさを慰めるために、秋の形見（思い出の品）として谷川に紅葉の影を残して欲しいと懇願《こんがん》し、紅葉と谷川に映る紅葉の景色の美しさをイメージするのである。道が紅葉に染まった35の景色に対して、水の道である川を赤く染めている。「影だに残せ」とは、梢の紅葉が水に映っていた光景を、散った紅葉が水に流れて行く影として見立てて、それを止めて残したいというのである。
谷川という言葉は36の鹿と37の山里の歌から導かれたもの。「もみぢ葉」はこの谷川を流れる紅葉の葉なのであろう。
この歌は、『古今集』の「*散りぬとも香をだに残せ梅の花恋しきときの思ひ出にせむ」と似ている。香りという見えないものが「形見」となって、見える花を「思い出」させることになる。それに対して、水に映った紅葉の影を形見にすることは、紅葉の実体から紅葉の影へ、さらに、紅葉から秋なるものへと段階を踏んでイメージ化している。紅葉と共に水に映る良寛自身の形見としての影も感じられる歌である。ここで秋の歌が終わる。
ちなみに、「もみじ」に関連して、良寛には「*形見とて何か残さむ春は花夏ほととぎす秋はもみぢ葉」という歌がある。これは*道元《どうげん》の「春は花夏ほととぎす秋は月冬雪冴えて冷《すず》しかりけり」（傘松道詠《さんしょうどうえい》）を元にしたもの。良寛がどれほど道元に倣《なら》って生涯を生きようとしていたかが分かるが、雪の冴《さ》えて冷しいことを示す道元に対し、もみぢの色の示す温《ぬく》りが良寛の個性であろう。

*散りぬとも香をだに残せ―古今集・春上・四八・読人知らず。梅の花よ、散ってしまうとしてもせめて香りぐらいは残して欲しい。恋しくなった時に思い出すために。

*形見とて何か残さむ―良寛歌集。

*道元―鎌倉時代初期の禅僧。曹洞宗を開いた。主著に『正法眼蔵』、『傘松道詠』はその家集。道元歌集とも呼ばれる。六十余首を収める。良寛は曹洞宗の僧侶ではあったが、その組織よりも道元に忠実であった。

39

夜《よ》を寒み門田《かどた》の畔《くろ》にゐる鴨《かも》の寝《い》ねがてにするころにぞありける

【出典】歌集『ふるさと』三九

夜の寒さに、門田の畔にいる鴨が、眠るに眠られぬような季節にとうとうなったのだなあ。

「夜を寒み」で始まる鴨の歌には、源実朝の『金槐集《きんかいしゆう》』の恋の部に「夜を*寒み鴨の羽《は》がひにおく霜のたとひ消《け》ぬとも色に出でめや」という作がある。将軍職にあった実朝は多くの人々に囲まれていたが、孤独であった。恋の歌に託して、自らの人恋しい寂しさを美意識を通じて語っているのである。この孤独は、多くの人に慕われたはずの良寛の孤独にも似ている。

鴨は、冬に日本へ群《むれ》で渡ってくる冬の鳥。雌雄《しゆう》の色が異なり、雄の持つ美

【語釈】○門田の畔《くろ》―門前の田の畔。「くろ」と「あぜ」は同じ。○寝ねがて―なかなか寝られない。

*夜を寒み鴨の羽がひに―金槐集・三八七の歌。夜の寒さで鴨の羽がいに置いた霜が消えて羽根の色が現れた

しい羽根は飾りにされる。オシドリもその仲間で、池や沼、水田などに群れる。「色に出でめや」とあるのは、カルガモのような地味な色ではないからである。

鴨はつがいで寄り添っていることが多いので、一羽だけ離れているとひどく寂しげに見える。「門田の畔にゐる鴨」は、何羽いたのか分からないが、群の中で、一羽だけが離れて畔にいるとすれば、良寛はこの身近な鳥に、眠れぬ一人寝《ひとりね》の夜の寒さと寂しさを託《たく》したのであろう。人の温もりが欲しくて、誰かそばにいてくれればと願っているのである。いわば門田の畔の鴨は一人寝の友であった。

「寝ねがてにする」のは36の「寝ざめ」の小牡鹿《さおじか》とも共通する。良寛の書いた書では、「寝ねがてにする〇ころ」とあって、〇の所だけ文字が入っていない空白の間がある。『古今集』に「*秋萩の下葉色づく今よりや一人ある人の寝ねがてにする」とあるが、同じように寒くなってきた晩秋の夜長《よなが》を独り眠れず悩むイメージを思い浮かべ、ふと息を継ぐ間があき、「ころにぞありける」と続けた息遣《いきづか》いが筆跡に表れたと思われる。

としても、恋の思いはうちにこめて表しません。

*秋萩の下葉色づく―古今集・秋上・二二〇・読人知らず。秋萩の下葉が色づく今頃になると、独りで寝る人はもっと眠れなくなるだろう。

40

わが宿は越《こし》の白山《しらやま》冬ごもり行《ゆ》き来《き》の人の跡かたもなし

【出典】歌集『ふるさと』四〇

私の住まいは越の白山の中で冬ごもりをしているようです。往来する人の人影も足跡もありません。

道元の『傘松道詠《さんしょうどうえい》』の「*わが庵《いほ》は越《こし》の白山《しらやま》冬ごもり凍《こほり》も雪も雲かかりけり」が元になっている。良寛の歌集を編集している*吉野秀雄《よしのひでお》は、「『しら山』は雪白き山。固有名詞ではない」「『越のしら山ふゆごもり』と名詞を重ねて助詞をはぶいたところが未熟でよくない」「これらは道元の歌の「下手な言い換えにすぎぬが、してみると、『越のしら山ふゆごもり』までもが、実は道元の歌句への固執であったわけだ」と断じている。

【語釈】○越の白山―地名としては日本三名山の一つ加賀の白山を指す。

*わが庵は越の白山―傘松《さんしょう》道詠《どうえい》・三七。この「わが庵」は福井県にある曹洞宗の本山越前永平寺を指す。良寛の「わが宿」は国上山《くがみ》にあ

歌の技巧面ではなく、歌の意味や良寛の心を理解しようとすれば、この歌の作者は山本栄蔵《やまもとえいぞう》（俗名）ではなく、沙門《しゃもん》良寛（法名）であることを理解する必要がある。生きることはまさに沙門道元*に習い修行することであった。それを固執と批判することは、良寛の生き方を否定するものであろう。吉野氏は近代的な非宗教的な意識から良寛の歌を読み、求道者としての良寛自身に即してその意味を理解していなかったのである。

「白山」は当然、越前の白山《はくさん》に国上山《くがみ》を見立てているのだから固有名詞でなければならない。「冬ごもり」によって山に「こもる」修行がより完璧《かんぺき》なものになったのである。「行き来の人の跡かたもなし」は孤独の寂しさを語っているようだが、「跡かたもなし」には、道元がたとえ悟ったとしても悟りの印《しるし》を跡形なく消し去れと言ったことにも通じるだろう。

この40の冬の歌で、詞書のない歌が終わる。13の「賤《しず》が家」の春の歌から二十八首が四季の歌として集められ、意味の上でも関連しあうように配列されていた。また、最初の近江路の歌が岡山の曹洞宗円通寺に向かうものであったなら、歌においてもまた禅の修行が続いているのである。

る乙子《おとこ》神社の社務所であると言われている。文化十三年（一八一六）に移った。

*吉野秀雄―歌人。万葉風を重んじ、良寛を愛した。以下の見解は『良寛歌集』（昭和二十八年）に見える。

*沙門道元―道元は一生求道者であった。沙門は求道者の意味で使われている。彼は修行と悟りを区別しないという考え方をしていたので、修行（求道）には終りがないのである。

41

いづくより夜の夢路《ゆめぢ》をたどり来《こ》しみ山はいまだ雪の深きに

【出典】歌集『ふるさと』四一

弟はこの深い雪に閉ざされた山の中の私の庵に、夜の夢路をどのようにたどってやって来れたのだろうか。

前の歌の「白山冬ごもり」とこの歌の「み山はいまだ雪の深き」が、雪の中に孤絶している五合庵が示されている点で共通する。しかし、「白山冬ごもり」は最も雪の深い時期であるが、この「いづくより」の歌の「いまだ雪の深き」からすると、ようやく春となったのにまだ雪が積っているという違いがある。

これは弟の由之《ゆうし》が良寛の寂しさや孤独を慰《なぐさ》めるために訪れたことを詠んだ

【詞書】由之《ゆうし》を夢に見て、夢さめて。

○由之—良寛の弟の康儀《やすのり》。山本家の次男で家業を継いだ。

歌ではないのかもしれない。夢とはいえ「雪の深き」中を、夜中に、弟がわざわざやって来た夢を見て、再会を喜ぶだけではなく、詞書にあるように弟に何かあったのではないかと不安にかられて目覚めたのである。

良寛の弟由之《ゆうし》は良寛の代わりに橘屋を継いだが、文化七年（一八一〇）に家財取上げ所払いとなった。それによって従来の居住地への立ち入りが禁止される。弟は自分の生まれた家を失い、その場所を追放されたのである。この歌集『ふるさと』が出来たのが文化九年の頃で、この歌の中に弟が夢に現れたことと家が潰《つぶ》れたことに関連があると思われる。良寛は修行のために山に籠《こ》もっていたが、社会的な現実あるいは人間的な煩悩《ぼんのう》の世界へ引き戻されたのである。

夢路には夢の中の路《みち》を指す場合と夢自体を指す場合がある。「*住《すみ》の江の岸による波夜さへや夢の通ひ路人目よくらむ」はその両方が掛けられているが、次第に道の意味が薄れ、夢自体を指すようになった。しかし、ここでは夢よりも夜の道の意味の方に意識が置かれているように思われる。

*住の江の岸による波―古今集・恋二・五五九・藤原敏行。住之江の岸に寄る波の寄るではないが、あの人は夜の夢の通り道の中でまで人目を避けるというのだろうか。

【補説】この歌から季節的・時間的な前後関係によって配列され、漢詩的な構成の配列ではなくなる。これは思い出や追悼の歌が多くなるためであろうか。

あるいは、原『ふるさと』は四十首までで、40と41の間には連続性はあるものの二十一首は後に書き加えた可能性があるように思われる。書体に多少の違いがあるように見えるからである。

42

その上《かみ》は酒に浮《う》けつる梅の花土《つち》に落ちけりいたづらにして

【出典】歌集『ふるさと』四二

その昔は酒に浮かべて飲んだ梅の花が、今は土に空《むな》しく散っている。

詞書に友人有則《ありのり》の家の跡を見たとある。前の歌にあった弟の由之《ゆうし》が家財取上げ所払いになって去ったことと結び付けて、冬の次に春のこの歌を並べたものと思われる。

「その上は酒に浮けつる梅の花」とは、『万葉集』に「酒杯《さかづき》に梅の花浮け思ふどち飲みての後《のち》は散りぬともよし」とあるように、お酒に梅の花を浮かべ、小さな花と共に春を楽しむ風習を指す。

【詞書】如月《きさらぎ》の十日ばかりに、飯乞ふとて、真木《まき》山てふ所に行きて、有則《ありのり》が元の家を訪ぬれば、今は野らとなりぬ。一木《いちぼく》の梅の散りかかりたるを見て、古へ思ひ出でて詠める。
○真木山―新潟県燕市にある山。○有則―友人の原田

「その上は」とは『万葉集』の歌が詠まれた上代《じょうだい》から、かつて有則と梅の花をお酒に浮かべて飲んだ頃までを思い出したのである。友人の家で風雅な宴《うたげ》を楽しんだ華やかな情景が思い浮かぶが、その家はもはや跡形すらない。良寛の実家も同じようになったのであろう。42・43・44と春の思い出が続く。

この一首には、酒の上に浮いてかすかに揺れる梅の花びらと、土の上に落ちた梅という違いを対比する面白さがある。運命への暗示も感じられる。また、酒と梅の花の組み合わせには、酔いと香りの関係、酒のかすかな色合いと可憐《かれん》な花の色の組み合わせの微妙な面白さもある。

良寛の「城中二月の時」という詩に、桃李《とうり》の花が風に「飄颻《ひょうよう》と飛んで泥《どろ》と作《な》らん」と詠《うた》ったものがあるが、ここでも梅の花が地面に散って、黒い土と小さな白い花が対比されて美しく見える。しかし、白い花が空しく土に変わって行く無常《むじょう》を、悲しくも哀れに思っているともとれる。かすかな梅の花の香りがそこに漂っていることが寂しさをより感じさせる*のである。

詞書で触れられている有則《ありのり》との友情や、弟の由之との思い出と没落が、白い梅の花が酒盃の上に浮かぶことと、土の上に散る様《さま》との対比の中に暗示されているようである。

鵲斎《じゃくさい》。文政十年（一八二七）没。

*酒杯に梅の花浮け―万葉集・巻八・一六五六・大伴坂上郎女《いらつめ》。杯に梅の花を浮かべて、友だちと飲んだ後であれば、散ってしまってもかまわない。

*より感じさせる―道元の『正法眼蔵』の一節に「かくの如くなりと雖も、華は愛惜に散り、草は棄嫌に生ふるのみなり」（花は愛されて惜しまれても散り、草は棄てられ嫌われても生えてくる）とあり、通じるものがある。

43

何ごとも移りのみゆく世の中に花は昔の春に変はらず

【出典】歌集『ふるさと』四三

何事も変わっていく世の中に。花だけは昔の春に変わらずに咲いていてその香を漂わせていることだ。

前の42の詞書にある「飯乞《こ》ふとて」という言葉から推測すると、幼少時代を過ごした「ふるさと」へ乞食《こつじき》の修行のために出かけていったと思われる。

「ふるさと」を歌った有名な作品に『古今集』の紀貫之の歌*「人はいさ心も知らずふるさとは花ぞ昔の香に匂ひける」がある。「ふるさと」の花の「香」が昔と変わらぬ「香」で匂っており、「ふるさと」は「ふるさと」のままであるという。良寛の場合も、人の住む世の中としての「ふるさと」は変

【詞書】ふるさとに花を見て。

＊人はいさ心も知らず―古今集・春上・四二。百人一首に載る紀貫之の歌。

わったが、花だけが昔のままであると歌う。花は前の梅の次で桜を指し、*劉廷之《りゅうていし》の詩の「年々歳々《さいさい》花相似たり。歳々年々人同じからず」という詩句が意識されていると思われる。

「花は昔の春に変はらず」については、『古今集』のこれも有名な業平《なりひら》の「*月やあらぬ春や昔の春ならぬわが身一つはもとの身にして」を思い出してもいよう。他人の心が変わってしまったことを嘆き、私の心は変わらないという思いもあったはずである。

上句にいう「何ごとも移りのみゆく世の中に」は、西行の「*何事も変はりのみゆく世の中に同じ影にて澄める月かな」を明らかに本歌として踏まえている。良寛の中には、他人の生き方が変わるだけでなく、私の生き方も、私の心さえも変わっていくという屈折した思いもあったかも知れないが、しかし、無常を説く仏の教え（法）の真実（花）は変わらないという真理にも思い至っていたはずである。良寛は、道元が重んじた『*法華経《ほけきょう》』を讃美する詩を作っているが、法（仏の教え）を美しい花（華）として説くその『法華経』への意識も、この歌もこの中には籠もっているように思われる。

*劉廷之の詩―「白頭《はくとう》を悲しむ翁《おきな》に代《かわ》る」。この詩句を求めた廷之の舅《しゅうと》の宋之門が自分の作とするために、廷之を殺したという伝説がある。

*月やあらぬ春や昔の―古今集・恋五・七四七・在原業平。伊勢物語に見えていて有名。この月は昔のままの月ではないのか。春も昔のままの春ではないのか。私の心も身も昔のままなのに、あの人とのことはすべて変わってしまった。

*何事も変はりのみゆく―山家集・上・三五〇。

*法華経―詩や比喩によって、すべての存在の救いと永遠の命について説いた経典。法には存在の意味と真理の意味、そしてその教えの意味があり、それを「花」と喩えている。

44

思ほへずまたこの庵《いほ》に来《き》にけらしありし昔の心ならひに

【出典】歌集『ふるさと』四四

いつの間にか、またこの懐かしい友の家に来てしまった。主人が生きていた昔の心の習慣のままに。

詞書の「あひ知りし人」とは、良寛と同じ曹洞宗であった有願《うがん》*法師のこと。文化五年（一八〇八）に亡くなっているから、この歌は「花」から翌年の三月ごろの作と推定される。「みまかりし」とは「身罷《みまか》りし」と書き、亡くなったことをこの世からあの世へ退《しりぞ》くという婉曲《えんきよく》的な言い方をしたもの。歌には普通「みまかる」という言葉は使わないが、良寛があえてこう言ったのは、深い哀《かな》しみを和《やわ》らげるためであろう。死者を哀悼《あいとう》する歌は、『古今集』

【詞書】あひ知りし人のみまかりて、またの春、ものへ行く道にて過ぎて見れば、住む人はなくて、花は庭に散り乱りてありければ。

*有願法師―良寛の二十歳年上の禅僧で良寛を助けたと言われる。

ならば哀傷歌《あいしょうか》、『万葉集』ならば挽歌《ばんか》と呼ばれるが、この歌を万葉的な意味での挽歌として詠んでいると思われる。

詞書の「ものへ行く」とは乞食《こつじき》の修行に出かけたことをいう。また、歌の初句「思ほへず」は偶然という意味ではなく、無意識の心の習慣に導かれてという思いの深さを示す。だから「またこの庵に来にけらし」の「また」は何度もという意味ではなく、詞書にある「またの春」と同じ一年ぶりに再びという意味である。

「ありし昔の」については、良寛が父*以南《いなん》の「*朝霧に一段ひくし合歓《ねむ》の花」という句に添えて詠んだ「*水茎《みずぐき》の跡も涙にかすみけりありし昔のことを思へば」という歌がある。「朝霧」と「かすみ」ははかなく消えてゆくものを示している。「合歓の花」に帯びた露の雫《しずく》と「涙」が結び付いている。しかし父の俳句の字句の印象だけで、「ありし昔」を詠むこの歌と結びついているのではないと思われる。

こう見てくると、詞書の「花は庭に散り乱りてありければ」は、散った花によって死を暗示し、その亡くなった人々を偲《しの》ぶ仏への供養にまかれた*散華《さんげ》に散った花びらを、見立てているのであろう。

*以南―良寛の父山本新左衛門。出雲崎の名主。橘屋を名乗っていた。以南はその俳号。

*朝霧に一段ひくし―朝霧に露を帯び、頭を下げている合歓の花。

*水茎の跡も涙に―故人の書いた文字が涙で霞んでしまう。昔のことを思うと。

*散華―仏を供養するために花をまくこと、またその花。

45

この里に　行《ゆ》き来《き》の人は　さはにあれども　さす竹の　君しまさねば　寂しかりけり

【出典】歌集『ふるさと』四五

この里には行き来する人が大勢いてざわめいているのに、親しい君だけが一人いない。大勢の人がいることがかえって寂しいのだ。

【詞書】左一がみまかりしころ。

【語釈】○さはに―多く、たくさん。○さす竹の―君・皇子・大宮人・舎人などにかかる。○まさねば―「ます」は「座《ま》す」で、居るの尊敬語。

友人左一《＊さいち》の死は文化四年（一八〇七）五月。44の有願《うがん》の死より以前のことなので、出来事の年代順に並べられていないことが分かる。

この歌は旋頭歌《せどうか》である。五七七・五七七の六句形式の歌で『万葉集』に多い。後の二首と合わせて三首に内容の面でもつながりがある。詞書に「みまかり」とあり、前の44の詞書と同じ言葉を使っているので、人の死をうたった歌が集中的に並べられていることが分かる。挽歌としての旋頭歌は、念誦《＊ねんじゅ》

のように繰り返し読まれていたようであるが、この歌も「里《さと》」、「さはに」、「さす竹」、「まさねば」、「寂《さび》し」と「さ」の音が重ねられ、しかも左一《さいち》の「さ」を意識させるようである。あるいは、あえて呪文のような音を重ねて魂を呼び戻そうとしているのかもしれない。

「さす竹の」は「君」にかかる枕詞で、竹が勢いよく生長することから褒《ほ》め言葉として用いられた。亡くなった人の形容に使うと、その人が元気のよかった、若々しい頃を思い出させるように働く。

「君しまさねば」の「し」は副助詞で、「まさねば」という不在感を強調する。「さす竹の君しまさねば」は次の歌でも使われる。どんなに大勢の人がいて騒いでいても、たった一人君のいない寂しさを紛《まぎ》らわせることができない。世間では君がいなくなったことを気にも留めないようであるが、自分には心にあいた穴を埋めることはできないと、故人のかけがえのなさを強調し、私だけはあなたのことを忘れないと伝えているのである。良寛は知人の山田杜皐《とこう》へ「死ぬ時は死ぬるがよろしく候」と手紙に書いているが、彼自身がこれほどに悲しみ寂しがっていることを忘れてはならない。

＊左一―12参照。

＊念誦―念仏。仏の名や経文を心の中で祈念して口で唱えること。

46

あづさ弓　春野《はるの》に出でて　若菜《わかな》摘めども　さす竹の

君しまさねば　楽しくもなし

【出典】歌集『ふるさと』四六

春の野に出て若菜摘みをするのだけれども、君がいないので、楽しいはずの菜摘みも一向に喜ぶ気分にはなれない。

【詞書】またの春、若菜摘むとて。

詞書の「またの春」は、前の44の詞書にあった「またの春」を繰り返している。この歌も旋頭歌である。「若菜摘み」は春の行楽として本来は楽しいことの一つであり、13でも歌われていた。しかし、前の45の歌では、里の人々の間に入って気を紛らわそうとしても、君のいない寂しさを紛らわせることができないといい、こちらの歌では野で楽しい行楽で楽しもうとしても楽しめないという。つまり、里へ行っても野へ行ってもという対《つい》になっていることに気がつく。従ってこの二首は続けて読まれるべきものであろう。

「あづさ弓」は春にかかる枕詞。『古今集』に「*梓弓《あづさゆみ》おして春雨《はるさめ》今日降りぬ明日さへ降らば若菜摘みてむ」などとある。梓の弓に弦《つる》をおして張るので、その「はる」に春を掛けている。しかし、たんなる言葉を飾る修辞に止まらず、弓の弾力が春の命の張りを感じさせる。『古今集』ではこの歌の次に「*君がため春の野に出でて若菜摘むわが衣手に雪は降りつつ」という有名な歌が並んでいる。この「君がため」に「あづさ弓」と「春野」と「若菜摘み」そして「君」が出てくるのである。ただ君がいないので「楽しく」ないというだけではなく、『古今集』以来の「若菜摘み」の浮き浮きする気分と対比して「摘めども」「楽しくもなし」というのである。

ちなみに、「あづさ弓」（梓弓）とは、梓巫《あずさみ》子《こ》が使うもので、梓巫女とは梓弓の弦《つる》を打ち鳴らして霊を呼び寄せ、自らにのりうつらせ、お告《いの》りをする女性である。イタコもその仲間である。亡くなった友を呼び寄せたい、何か語りかけたいという良寛の心がこの「あづさ弓」という言葉を選ばせたのではないだろうか。

＊梓弓おして春雨―古今集・春上・二〇・読人知らず。春雨が今日降り、明日も降ったら、芽を出した若菜を摘みに行きましょう。

＊君がため春の野に出でて―古今集・春上・二一・光孝天皇。百人一首の歌。あなたのために春の野に出て若菜を摘んでいると、私の袖に雪が降りかかります。

47

山かげの　槙《まき》の板屋《いたや》に　雨も降り来《こ》ね　さす竹の　君がしばしと
立ちどまるべく

山かげのこの槙の板屋のあたりに雨が降ってきてくれないものか。あなたがもう暫《しばら》く立ち止まって下さるように。

【出典】歌集『ふるさと』四七

この歌も旋頭歌である。詞書にある「帰る人」とは、江戸の歌人で国学者*の*大江光枝《みつえ》である。享和《きょうわ》元年（一八〇一）七月に良寛の許《もと》を訪れ、庵に一泊したことがある。別れに際して、良寛がその大村光枝と歌を贈り交わしたもの。時間的には三首のうちで一番先に作られたものと思われる。「山かげの槙《まき》の板屋」とは五合庵である。

しかし、光枝の歌は歌集『ふるさと』には入れなかった。また詞書から名

【詞書】庵に来て帰る人、見送るとて。

【語釈】○槙の板屋―杉皮葺《すぎかわふき》の屋根をふいた粗末な小屋。五合庵を指す。○降り来ね―「来《こ》ね」は「来《く》」の命令形。

*国学―江戸中期に始まる文

前も外したことによって、「さす竹の君」という共通の言葉と、旋頭歌という共通の形式によって、大村光枝だけでなく、*左一などかつて庵に来た人々との別れのイメージと広く結びつけられるのである。ちなみに弟の由之《ゆうし》の返《かえ》しの歌は、歌集の四九首目（本書には収録していない）の詞書に入れているのに、光枝の返しの歌は入れていないのである。良寛の編集の意思が単純なものではないことがうかがわれる。

この47の一首だけを読めば、寂しいから雨に託《かこ》つけてもう少しいて欲しいという歌として読んでしまうが、前の歌からの配列によって、作られた時の「見送る」意味に、葬送の意味が暗示されているように思われる。そうすると、「立ちどまるべく」にはもう少しでも生きて欲しかったという意味にも読めるのである。この歌が一連の旋頭歌の三首目に置かれているのは、45の「寂しかりけり」と46の「楽しくもなし」という心境に至った理由を示すためであるように思われる。また、前17・18・19の「子どもらと」の三首とこの「さす竹の」の三首が生と死を対照しているようである。

献学的方法による古典研究の学問で、日本固有のものを明らかにしようとした。

*大江光枝―文化十三年（一八一六）没（六十三歳）良寛を生涯に二度訪問した。お互にもう一度会えるとは思わなかったであろう。良寛は儒教と仏教と国学という学問への広い関心を持っていた。

*左一―良寛の親友。12に前出。

48

山吹《やまぶき》の花の盛りは過ぎにけりふるさと人を待つとせしまに

【出典】歌集『ふるさと』四八

山吹の花の盛りはとっくに過ぎてしまった。行くよと言ってきた故郷の人をまだかまだかと待っているあいだに。

【詞書】ふるさとの人の、山吹の花見に来むと言ひおこせたりけり。盛りには待てども来ず、散り方になりて。

【語釈】○待つとせしまに―待つとしていた間に。

前の歌は別れを延《の》ばそうとした歌であるが、こちらは会おうと待っていた歌である。そばに人がいて欲しいと願う点では一対《つい》となっている。

「山吹」と「花の盛り」の句は、『古今集』の「*蛙《かわづ》鳴く井出《ゐで》の山吹散りにけり花の盛りに逢はましものを」によるのだろう。*橘清友《たちばなのきよとも》の作と伝えられるが、清友が橘一族の繁栄を見ることなく亡くなっていく運命を詠んだものとも言われる。共に喜ぶ機会を失った寂しさを詠む点で両歌は共通する。良寛の実家の

*蛙鳴く井出の山吹―古今

屋号が「橘」屋であることとも重なるのは偶然ではないように思われる。

下句の「人を待つとせしまに」は『古今集』「*わが宿は道もなきまで荒れにけりつれなき人を待つとせしまに」を踏まえたものと思われる。この『古今集』の歌から、客がずっと来ていないこと、山吹の花は実を付けないことから、花が咲いても空しく終ることが予想される。良寛の庵には誰も来なかったのである。

詞書の「ふるさとの人」と歌の「ふるさと人」と同じ言葉が繰り返されているのは、自分とふるさととの間にある関係と距離が強く意識されているからである。この「ふるさとの人」は歌集の並びからみて弟の由之《ゆうし》であろうと思われるが、名前を挙げないことによって、他のさまざまな親しかった人が浮んでくるのである。

この歌は、花見に来ると言っていたのに来なかった人に、もう花の盛りが過ぎてしまいましたよと事実を報告しているのではない。待たされた人が美しく咲いている花を目にしながら、ついにその花を楽しめなかった寂しさを訴えたものである。その寂しさをあえて表現するのは、言葉に訴えることで心のカタルシス（浄化）を得ることができるからである。そしてこれを読む私たちも、同じような心苦しさを一緒に吐き出し、カタルシスを得るのである。

集・春下・一二五・読人知らず。河鹿の鳴いている井出の里の山吹はもう散ってしまった。花の盛りに逢えればよかったのに。

*橘清友―奈良時代の政治家。渤海《ぼっかい》の大使に子孫は繁栄するが、あなたは三十二歳で亡くなると予言され、その通りになる。

*わが宿は道もなきまで―古今集・春下・七七〇・僧正遍昭。私の宿は道もなきまで荒れてしまった。つれない人を待っている間に。

49

かくあらむとかねて知りせばたまぼこの道行き人に言《こと》づてましを

【出典】歌集『ふるさと』五一

（友が亡くなる）このようなことになると、前もって予想していたならば、江戸へ行く人に伝言を頼んでおいたものを。

幼馴染みの友が死んだ文化十年（一八一三）の作と推定される。一、二句の「かくあらむとかねて知りせば」は、『万葉集』大伴家持《やかもち》の弟が亡くなった時の「*かからむとかねて知りせば越《こし》の海の荒磯《ありそ》の波も見せましものを」によるものであろう。「越《こし》」という言葉によっても良寛の住む越後《えちご》と結びついている。詞書の「みまかりぬ」も、家持の弟の死に縁がある。下句の「たまぼこの道行き人に言づてましを」は、『万葉集』「*恋ひ死なば恋ひも死ねとか玉鉾《たまぼこ》

【詞書】幼きとき、いと睦《むつ》まじく契《ちぎ》りたる人ありけり。田舎を住みわびて東《あづま》の方《かた》へ往《い》にけり。此方《こなた》よりも彼方よりも、久しく音もせでありしが、この度《たび》みまかりぬと聞きて。

【語釈】○かくあらむと―こ

の道行く人に言《こと》も告げなく」が元になっていると考えられる。
　友がなぜ故郷を離れて江戸へ行ったのか、どうしてもやってみたい志《こころざし》や野心があったのだろうか。もう分からないことだが、それでも良寛自身が故郷を離れた身だったから、互いの思いを充分に話し合ってみたかったのであろう。良寛には、故郷への恋しさと故郷のしがらみから抜け出したいという矛盾する感情があった。だから、死んだ友や故郷に対する複雑な感情もあったと思われる。
　『新古今集』の「玉鉾*の道行く人の言づても絶えて程ふる五月雨の空」の歌のように、この友との間には音信が絶えていた。その上、久しぶりに伝わってきた便りとは、その人が亡くなったというものだった。それはこの歌の次の歌、歌集五二の「この暮れのうら悲しきに草枕旅のいほりに果てし君はや」の「旅」へとつながってゆく。このように歌集『ふるさと』の歌々は、古典の教養を媒介にして、物語的に編集されているのである。
　では何を「言づて」しようとするのか。それは相手を思う心ではないか。この歌集の第一首の「ふるさとへ行く人あらばことづてむ」と逆の立場となっている。

うなるだろうと。○言づて―言伝《ことづ》て。伝言。

*かからむとかねて知りせば―万葉集・巻十七・三九五九・家持。こうなるとかねて知っていたならば、せめて越の海の荒磯の波も見せてやったものを。

*恋ひ死なば恋ひも―万葉集・巻十一・二三七〇・作者未詳歌。恋しさのあまり死ぬのならあの人がそうも思っているからだろうか、道行く人に言伝てさえもしてくれない。

*玉鉾の道行く人の―新古今集・夏・二三二・定家。旅人からの言伝ても絶えて何日もたつのに五月雨は降り続いてやまない。

50

たが里に旅寝《たびね》しつらむぬばたまの夜半《よは》の嵐のうたて寒きに

【出典】歌集『ふるさと』五四

あの旅人は、今頃どんな里で一人旅寝をしているのだろうか。真っ暗な夜半に嵐が吹いて、こんなに寒い晩に。

【詞書】神無月《かんなづき》のころ、旅人の蓑《みの》ひとつ着たるが、門《かど》に立ちて物乞ひければ、古着脱ぎて取らす。さてその夜、嵐のいと寒く吹きたりければ。

【語釈】○ぬばたまの—枕詞。○神無月—陰暦の十月。

詞書に言う「旅人の蓑《みの》ひとつ着たる」とは、蓑を一枚しか着ていない旅人のこと。逢った時は、いかにも寒そうな様子であった。だから良寛は、その旅人に「古着脱ぎて取らす」せたのである。良寛もまた物乞《ものご》いであった。彼もまたその旅人のように乞食《こつじき》をして何度も旅をしてきたのである。

良寛はそうしたわが身の経験に思いを馳《は》せ、身につまされてこの旅人に古着を与えたのであった。あるいは、たった一人で今ごろ中有《ちゅうう》の旅をしている亡き友たちのイメージとこの旅人を重ね合わせていたのかも知れない。

古着を脱ぎ寒くなった自分よりも、野宿しているであろう旅人のことを思うのは、これは、この世の苦しみからあの世の救いへと「我より先に人を渡さん」と言った道元の慈悲の心に通じる。詞書の「嵐のいと寒く吹きたり」と歌の「嵐のうたて寒きに」の違いは「いと」は非常にと強調するだけであるが、「うたて」は、辛《つら》い、いやになるほどに、という旅のつらさが加わっている。良寛のわが身も痛むまでの他者に対するこの共感の姿勢こそ、良寛が今も愛される理由であろう。

歌集はこのあと、最後の六二の「鉢《はち》の子」の「鉢の子をわが忘るれど人とらずとる人はなしあはれ鉢の子」という歌まで続くが、紙面の都合でこの歌で終えなければならない。最後の歌にいう「鉢の子」とは、乞食《こつじき》や托鉢《たくはつ》に用いるお椀のことであり、この歌集の中にあるさまざまな思い、私（良寛）だけのささいな思いかもしれないが「あはれ」（限りなく愛しいもの）であると示されているのである。

○うたて―ひどく、なさけなく。
＊我より先に―（出典『正法眼蔵』）。

歌人略伝

良寛は江戸後期の宝暦八年（一七五八）越後（新潟県）に生まれ、天保二年（一八三一）に亡くなった。漢詩、和歌、書にすぐめ、子どもたちと狂じたことで知られている禅僧である。出家する前の名は山本栄蔵。父、山本新左衛門は出雲崎の橘屋という名主だった。良寛は十三歳の頃から、大森《おおもり》子陽《しよう》の塾に通い、漢文や作詩を学んだ。十八歳の時に家を出た。長男だったが、橘屋は二男の泰儀《やすのり》（由之《ゆうし》）が継いだ。二十二歳の年から備中（岡山県）玉島の曹洞宗の円通寺で国仙和尚の下で、禅の修行をし、三十三歳で悟りをひらいて印下《いんか》を得た。

良寛は生涯、沙門（求道者）として生きた人間である。三十八歳、の時に、父が京都の桂川へ入水自殺をした。そのため良寛は、一旦、法要のために故郷に帰っている。三十九歳に故郷へ戻り、一時（長岡市）郷本の空庵に住んだと言われる。その後、国上山《くがみやま》にある真言宗・国上寺の五合庵を借り、四十七歳の文化元年（一八〇四）から住まいとした。五十五歳の頃、これまでに作りためてきた詩と歌を編集し、詩集『草堂集貫華』と歌集『布留散東《ふるさと》』を作った。五十九歳の頃から体力が衰え、ふもとの分水にある乙子《おとご》神社の庵に移った。六十九歳に貞心尼と知り合う。七十四歳で死去。四年後、貞心尼によって『蓮の露』という相聞の歌集が編まれている。

略年譜

年号	西暦	年齢	良寛の事跡	歴史事跡
宝暦八年	一七五八	1	越後出雲崎の名主橘屋山本新左衛門の家の長男に生まれる。	
明和元年				宣長『古事記伝』起稿
明和七年	一七七〇	13	大森子陽《しよう》の塾に入門。漢文・漢詩を学ぶ。	
明和九年				賀茂真淵没
安永四年	一七七五	18	家を弟康儀《やすのり》に譲り、家を出る。	
安永八年	一七七九	22	備中玉島の曹洞宗円通寺に入門、国仙和尚のもとで禅の修行に入る。	
天明二年				天明の大飢饉
天明三年				与謝蕪村没
天明七年				寛政の改革始まる
寛政二年	一七九〇	33	国仙より印可を受ける。	
寛政七年	一七九五	38	父が京都桂川に入水自殺。一	

			旦、故郷に戻る。	
寛政八年	一七九六	39	故郷に戻り、郷本の空庵に住む。	道元『正法眼蔵』開板
享和元年				宣長没
文化元年	一八〇四	47	国上山の真言宗国上寺の五合庵に住む。	
四年				馬琴『椿説弓張月』刊
八年				越後地方　打ちこわし騒動
九年	一八一二	55	詩集『草堂《そうどう》集《しゅう》貫《かん》華《が》』を編む。また歌集『布留散東（ふるさと）』を編む。	
十三年	一八一六	59	体力が衰え、国上山の麓乙子神社の庵に移住。	
文政二年				一茶『おらが春』刊
八年	一八二五	68	貞信尼と知り合い、親交する。	
十一年				シーボルト事件
天保二年	一八三一	74	一月六日死す。	十返舎一九没
六年	一八三五		貞信尼、良寛との相聞歌集『蓮の露』を編む。	

解説　「新しい良寛像」——佐々木隆

この「ふるさと」の読み方について

まず本文を読んで下さい。そして、なぜ配列に即した読み方をするのか理解するために、解説を読んで下さい。良寛には色々なエピソードが知られているが、子どもと遊んだことが特に知られている。性格はのほほんとして、自分の持ち物をあちらこちらに忘れ、事務処理能力はまるでないように見える。そんな理解でだけで良いのでしょうか。

少年時代の良寛には野心もあり、荻生徂徠《おぎゅうそらい》の始めた古文辞学派《こぶんじがくは》の大森子陽の塾で漢詩文を学んだ秀才である。良寛が漢詩を好み作るのはここで学んだおかげである。

この学派は後世の宋や明などの注釈に頼らずに古語の意味を帰納的に明らかにし、古代の孔子の真実に迫ろうとした。唐の時代から詩の形式として平仄《ひょうそく》を守る近体詩が一般化するが、良寛はそれよりも古い時代の古詩の脚韻だけを合せる形式で詩を作った。それは良寛の万葉集を学ぼうとする態度にも通じるものであろう。しかし、良寛は万葉集を重んじたが正岡子規のように古今和歌集と万葉集を対立するようなものとは考えなかった。両方を尊重すべきものと考えていた。万葉集は男性的、古今和歌集は女性的と言われるが両者のバランスがとれてこそ真実が現れてくるからである。

良寛が悟りをひらいた玉島の円通寺は禅宗の曹洞宗《そうとうしゅう》の寺である。曹洞宗は只管打坐《しかんたざ》（ただ坐禅をする）を旨とする。禅宗といえば不立文字《ふりゅうもんじ》、文字に頼らないで、真理を自ら見出してゆくのではあるが、そこには必ずしも文字を否定するだけではない。開祖である道元が書いた『正法眼蔵《しょうぼうげんぞう》』という書物がある。道元は、悟りと修行は一つ（一如《いちにょ》）であり、修行には終わりのないことを述べたが、良寛はそれを深く学んだのである。

『正法眼蔵』の「現成公案《げんじょうこうあん》」という巻の冒頭に、

すべての存在は仏の真実の存在である。それは迷いや悟りを認識することであり、生きることや死ぬということであり、仏や我々などが存在することである。

あらゆる存在は実体がない。だから迷いが実体としてあるのでも悟りが実体としてあるのでもない。仏や我々が実体として存在するのでもない。生きることにも滅することもない。

仏道というものは豊倹〈あるとかないとか〉ということを超越しているので、生成消滅があり、迷や悟りがあり、我々や仏があるのである。

たしかにその通りである。しかし、そうであるが故に、華は惜しまれながら散ってゆき、草は嫌われても生えてくるのである。

とある。

ここでは、まず、物の存在を認める「ある」ことを説き、その次に、それを否定する「ない」ことを説く。さらに、「ある」と「ない」を超越することを説いている。つまりものごとをつきつめて追求してゆくと正反対のものが現われてくるのだと理解すると森羅万象をうまく説明しているように見える。しかし、それでは最後の「しかし、そうではあるが故に花は惜しまれながら……」の部分が説明できなくなってしまう。凡庸な訳では、「いろいろ真理について語っても、事実は、花が散れば残念に思い、草が生えるのを嫌うのである」とせっかく前に説いた真理を否定し平凡な事実をそのまま重んじるような解釈をしてしまうのである。

筆者は、良寛の漢詩を研究する過程で、この道元の文の展開を、漢詩の絶句の形式、起承転結の展開として読み解いてみたところ、細かな部分まで説明が付くことを発見したのである。良寛も道元を学びその思考方法を自分のものとしたので、そのように読んだと思われる。

それを今度は「ふるさと」という歌集の編集に応用したところ配列に起承転結の構成が見えてきたのである。一首ずつ独立させて読むのではなく、隣接する歌を配慮して読むことによって、ストーリー性を示そうとする良寛の心に迫ることができるのである。

「布留散東（ふるさと）」について

良寛は『草堂集貫華』と62の歌を集めた『布留散東（ふるさと）』を、文化9年（1812）頃に編集したと言われている。自ら編集した歌集は『布留散東』と『久賀美（くがみ）』

のみである。他の歌は彼を慕う人たちによって編集されたもので、そのほとんどが詠まれた時期は明らかではない。この詩集と歌集は良寛の五十代に作られている。それは人生五十年というように、自らの人生を省みている点で、人生を総括したものと考えられる。

『草堂集貫華』の詩の配列は、詩を作った年代順に並べたのでも、無造作に並べたのでもない、テーマ性のある編集がなされている。『布留散東（ふるさと）』にも、同じような編集意志が働いていると思われる。そこで歌を一首ずつ読むだけではなく、配列に即して何首かを関連させて読むのである。歌の作者としてだけではなく歌の編集者としての良寛にも近づけるのである。良寛の詩は、古典からの多くの引用を行い。引用によってイメージは豊かになりまた深められている。歌もまた古今集から万葉集まで自由に学び、本歌取りを行っている。さらに、元になった歌の歌集における配列までも意識していることが分かってきた。それは、権威付けや言葉の飾りのためではなく、親しみやすさを作り出し、古人の心に通じ、生きていることの根源にせまるためである。

『布留散東（ふるさと）』も題名から分かるように漢字を表音文字として使う万葉仮名で書かれ、いわゆる平仮名ではない。それゆえ、万葉仮名を適宜、平仮名と漢字に読みやすく直している。

最後に、良寛の詩集の解釈を行い、編集というものに気が付き、詩と詩の緊張関係とつながりに即して読むことが、テキストに忠実な読み方だと思うようになった。小松英雄氏の和歌の読み方についてのご著書を読み、詞書の尊重と仮名の読み方と精読の仕方を学ばせて頂いた。それを励みに、古今和歌集をその編集に即して理解する試みをおこない、その仮説を確かめた（拙著『古今和歌集入門』国書刊行会）。この文章はその二つの試みを総合したところにあるのものである。

これまで多くの良寛の歌は編集者が校正し、季節や年代で並べているものが多く、良寛自身の編集という視点から読み解くことがなかった。「ふるさと」を初めて読んだとき、よく知られた歌ではないものの方が多いと感じられ、なぜ、このような歌を選んだのか理解できなかった。

しかし、既成の良寛のイメージに合わせて読むのではなく、良寛の編集を忍耐強く読み解くことで、歌の配列に古今和歌集と同じように意味があることが分かった。時々、良寛の心に触れ合うときめきを感じることもあった。これでようやく良寛を和歌と漢詩の両面から少し知ることができたと思う。

本文は、『定本良寛全集』第2巻（中央公論新社）二〇〇六年、「布留散東」和歌文学大系74（明治書院）二〇〇七年、『近世和歌集』日本古典文学大系（岩波書店）一九八一年、『ふるさと・くがみ』（中央公論社）一九六一年、吉野秀雄『良寛歌集』（平凡社）一九九二年、渡辺秀英『良寛歌集』（木耳社）一九八五年を参考にさせて頂いた。

読書案内

『良寛歌集』東郷豊治　創元社　一九六三
筆者とは編集についての考え方が異なるが親しみやすく素直な編集者の心までも伝わってくる。漢詩についても楽しむには東郷豊治の『良寛詩集』を勧める。

『宮沢賢治と沙門良寛』北川省一　現代企画室　一九八六
良寛の逸話をただ滑稽で面白可笑しいものではなく、他人にはそのように見えたとしても、真実を追求する求道者の姿であることを示している。

『良寛のすべて』武田鏡村　新人物往来社　一九九五

『良寛　悟りの道』武田鏡村　国書刊行会　一九九七
良寛の様々な姿とその歴史的な事実について知ることができる。

『良寛禅師の悟境と風光』長谷川洋三　大法輪閣　一九九七
良寛について忘れてはならない思想的な問題や深みを知ることができる。

『良寛さまと読む　法華経』竹村牧男　大東出版社　二〇〇一
良寛がどのくらい経典を深く読んだのかわかり、なおかつ、日本の文学に大きな影響を与えた法華経についても理解ができる。

『近代詩訳　良寛詩集』法眼慈應　春秋社　一九九二
漢詩をまるで和歌のような言葉で訳されている。言葉がとても味わい深い。

『古典和歌解読』小松英雄　笠間書院　二〇〇〇
『みそひと文字の抒情詩』小松英雄　笠間書院　二〇〇四
『古典再入門』小松英雄　笠間書院　二〇〇六
『丁寧に読む古典』小松英雄　笠間書院　二〇〇八

小松英雄氏の本はいわゆる古典文法を憶えなくても、ゆっくり著者の理論にしたがって読めるもので、古典文学や和歌の面白さを味わうことができる。筆者は多くを学ぶとともに大いに驚かされ、目からウロコが何度も落ちた。

『良寛の詩を読む』佐々木隆　国書刊行会　一九九七

従来、良寛の詩の解釈は、禅的な解釈か文学的な解釈かに分かれていたが、それを総合的に、さらに詩の構造的な理解を試みた。

『古今和歌集入門　ことばと謎』佐々木隆　国書刊行会　二〇〇六

和歌文化と唐風文化を対立させていないで総合して理解し、隣接する歌を結び付けると物語が現れてくることを明らかにした。編集（配列）の面白さの発見から新たな魅力を引き出している。

【付録エッセイ】

『神秘主義のエクリチュール』（法蔵館　一九八九年九月）

存在のイマージュについて（抄）

五十嵐一

世界の中に自分が立っていて、その自分の心の裡にまた世界がある。この一種の入《い》れ籠《こ》構造にも似た仕組みこそ、存在と知識の秘密かも知れないが、入れ籠構造といえば思い出す良寛の和歌がある。

あわ雪の中に立ちたる三千大世界《みちあふち》
又其の中にあわ雪ぞ降る

この歌の中に世界という空間が無限にうち重なる入れ籠構造を見たのは、歌人の故上田三四二氏である。上田氏はその「遊戯良寛」（「新潮」昭和57年4月号、のちに評論集『この世　この生』所収）において、十ページ近くを費してこの歌を鑑賞し解釈し尽くす。

雪はかぎりなく降り、降る雪を眺めて佇ちつくしていると、一種の浮遊感とともに魅入られたような気分になってくる。その幻想的な気分のなかから、見えてくるものがある。

沫雪の中にたちたる三千大世界
またその中に沫雪ぞ降る

沫雪の中に三千大世界が顕現する。「中に立ちたる」は、大きな牡丹雪が一粒、一粒、顆《たま》をなして、その顆の中に三千大世界の納まっているのが見えるというのである。……良寛は、降る沫雪の中にそういう三千大世界が詰まっているという。それだけではない。さらに眼をこらすと三千大世界のなかに、また同じ沫雪が降っているのである。……

かくして雪と三千大世界との入籠《いれこ》構造は無限に、穴を掘るように極微に向かって繰返される。

因みに言えば、「あわ雪」の歌に注目した歌人は上田氏が初めてではない。すでに斎藤茂吉がこの歌に実相観入の見事さを感得していたし、吉野秀雄も、「心対物、主観対客観、人間対自然の微妙甚深の関連を端的に直示象徴しているかの如くに感じられる。但しこの歌のよさは観念・哲理そのもののよさではない。それを抒情にまで高めえたことの美しさである」と絶賛し（『良寛和尚の人と歌』）、その美しさの本源を辿って「窓外霏々とみだれ散る沫雪を凝然と見守っている」良寛に帰着している。

しかしながら分析の徹底精緻であることにかけては上田氏に止めを刺す。氏はさらに、この「沫雪の」（ここでは氏の表記に従う）歌を「つきてみよひふみよいむなやここのとを」の歌と対比させて、前者が空間的入れ籠構造をとるのならば、後者のまりつきの歌は時間的入れ籠構造をなし――つまり「とをとをさめてまた始まるを」という修行のくり返しである――両歌あわせて良寛における時空の曼荼羅構造をなす、と論じた。さらに念を押すかの如く、雑誌「良寛」第一〇号（一九八六年秋季）に「零と夢―良寛の時空補遺―」を特別寄稿して、二つほど付け加えたいことがあると、さらに精緻を尽くした。少々長くなるが、その一部を引用してみよう。

「つきてみよ」の歌は貞心が手鞠に添えて贈った歌の返しだが、それに先立つはじめての見参に、貞心は「きみにかくあひ見ることのうれしさもまださめやらぬ夢かとぞおもふ」と詠んだ。良寛の返し――

ゆめの世にかつまどろみて夢をまた語るも夢もそれがまにまに

付け加えたいことの一つはこの夢の歌のことで、夢の歌は「沫雪」の歌にいかにぴったりと照応していることか。照応しつつ、「沫雪」の歌のもつ冷厳な哲理は、現世における万人の無常にやさしく移しかえられている。「沫雪」はここでは「夢」、「三千大世界」は「世」である。人間は三千大世界中の小世界のさらに微小部分である四大州中の閻浮提《えんぶだい》に棲むが、その閻浮提という名の浮世がはかない沫雪の中に浮んでいること、人間の一生が夢の中のできごとであることとまさしく同義である。

人間の一生とは夢の中のできごとで、その一生の中でまた夢を見て、その夢はうちにさらに人間の一生を含み……。この無限包摂の世界構造―幾重にも層をなしつつ底辺に降りつづけ、上層はまた幾重にも重なり合いながらどこまで拡がるのか見当もつかない無限包摂の世界は、そのまま夢幻泡影の世界の自覚されたかたちにほかならない。

「沫雪」の歌は夢幻泡影の世の無常を、夢の世の自覚をこえてさらにうつくしい曼荼羅の図像世界に昇華し、結晶せしめている。さきに、良寛は「沫雪」の哲理を「夢」の歌において現世の無常に移しかえたと言ったが、至らなかった。事情は逆である。作られた順序から言っても、思想と直観の深まりから言っても、「沫雪」は「夢」のあとに来て夢を浄化し、無常をして真の空観たらしめている。

「ゆめの世に」の歌は、『この世　この生』に先立つ論考『西行・実朝・良寛』において触れてはいるが、ここに改めて、このように位置づけをしておきたいと思う。

補足のいまひとつは鞠つき歌の時間論にかかわる。

一つ、二つと数えてきたものが十でおわり、その十がまた一から始まるというからには、十は一のすぐ後に来ていなければならない。すなわち時間はそこで円環をなし、円環という一個の完結が次のあたらしい始まりの一を誘い出すのである。

この十から一への移りゆき、そこには、たとえば一から二へ、二から三へといった順当な移りゆきにはない或る飛躍が要求されるだろう。飛び越さねばならない淵があり、空隙があるはずだ。それが、三千大世界と沫雪の相互包摂の空間認識における、沫雪にあたるのではないか。三千大世界は時間に移せば一から十までの円環にほかならない。その円環が円環を重ねる切れめともいえない切れ目、十と一のあいだの空隙は、一つの三千大世界ともう一つの三千大世界とのあいだにさしはさまれたはかなさの極ともいうべき沫雪に相当するのではないか。こうして時間と空間は構造を同じくする。それもそのはずで、両者はもと別のものではなく、知識の便宜が一個の真実界を二つに分ったのである。

　復習はしないつもりであったが、以上は『この世　この生』における良寛論の骨子にあたる。

　補いたいのは、その十から一への立上りの道程にある淵というのは、じつは零だということだ。そのことが『この世　この生』の良寛論ではまだ私にはよくわかっていなかった。零を乗り越えることはできない。十はそこで零の淵に落ち、一は全く新しい一としての零の深淵から差し出される。零は十を吸引するものとしてあり、一を創出するものとしてある。時間の循環的連続はそこで連続しつつ、更新される。

　時間はなぜ循環するのか。零があるからだ、と言おう。零が時間の尻尾を呑み、時間をして円環たらしめる。そして、かくして生じる円環はまたそれ自身、まぎれもなく大きな零を象《かたど》っている。……

　上田三四二氏の分析と解釈は、われわれの主旨にも相通ずるところが少なくないだけに双手をあげて歓迎したいが、ただし上田式超高級形而上学にご自身が陥って、議論が空転している点がなくもない。第一に、「あわ雪」という柔らかい音の響き工合と文字の感覚を「沫雪」と固くとり、さらにその雪を牡丹雪と解釈することはどうか。やはりここは粉雪《こなゆき》であろう。牡丹雪ではそれこそ湿気を含んでボタボタと落ちるイマージュで、粉末の粉の粉雪のふわりふわりとした感じの方がよい。それにせっかく、あわの涌き立つように降る雪の中に魅入られて浮遊感覚を味わっているのに、牡丹雪では舞えるはずがない。越後平野に音もなく降る粉雪、それが時々吹雪いて大地から巻き上げられて浮遊する、そのようなイマージュこそ、この歌にふさわしい。

ここで問題は三千大世界である。茂吉以来歌人たちは、この文字面から仏教で説く三千大世界、すなわち「一国土千を積みて小千世界又其の一千を積みて中千世界とし更に其れを三千積みて三千大世界といふ」（大島花束『校註良寛歌集』註より）ととり、その字面どおりにしかも禅僧良寛のたて前どおりにいささか抹香臭く解釈してきた。しかしこの語には良寛自身の「みちあふち」という柔らかい訓がある。この音の響きに注意する必要はないか。しかも「あわ雪に」に始まる柔らかい母音の続くこの歌の中でである。

われわれはこれを「みち」（＝道）「あふち」（＝お家《うち》）と解釈したい。つまりこの歌は、「あわ雪」（＝粉雪）の舞う中によく見れば道や家が立っている。しかしその風景もまた雪でかき消えてしまう、あるいはその光景を見つめる私の目の中にも雪が降り込んで見えなくしてしまう」という、越後平野の吹雪いた時にはいつでも見られる情景を詠んだものなのである。

これを単純でつまらない解釈であると、あるいは深い形而上学的味わいに欠けるなどと反論しないでいただきたい。事態は全く逆なのである。良寛のこの歌の魅力は、雪と雪景色、あるいは舞う雪とそれを見つめて舞い出すに似た自分との情景を、実に的確に詠じている点に懸っているからである。世界の中にまた世界という入れ籠構造の命名は知的興味を惹くが、ではこの歌を

世界の中に立ちたる三千大世界
またその中に世界がふる（もしくはある）

としたらどうか。実につまらない意味の歌である。くり返すが雪は雪、雪景色は雪景色なのである。その限りでは主観は主観、客観は客観である。では何故に雪も舞い、それを見つめる私も舞うのであろうか。答えは簡単である。雪が溶けるからである。私の目の中、口の中に入った雪は溶ける。衣服に降った雪もやがて溶ける。しかし長いこと吹雪の中に立ち続けていれば、身体は冷え感覚も麻痺して逆に人間雪ダルマになる。

私と雪との間のいわば主観と客観の相互浸透、相互溶解を「あわ雪」の歌は詠み切っている。入れ籠構造も悪くはないが、雪と人間との相互溶解のイマージュの方が、存在論と認識論の秘密にはより近いものではなかろうか。ロゴスの海を泳ぎゆくソクラテスの背中に垂直に差し込むのが太陽の如きイデアの光であったのに比較して、北越の沙門良寛を包む冷たくしかし暖かい雪は、柔らかくしかし確実に、存在世界とその中に立つ自分との相互溶解的連関を象徴していたのである。

佐々木隆（ささき・たかし）
＊1949年東京都生。
＊上智大学大学院博士課程満期退学。
＊東北女子大学教授。
＊主要著書・論文
『良寛の詩を読む』（国書刊行会）
『古今和歌集入門』（国書刊行会）
「現成公案の巻を読む」（宗学研究）

良寛《りようかん》　コレクション日本歌人選　015

2011年6月25日　初版第1刷発行
2021年3月10日　初版第2刷発行

著者　佐々木　隆
監修　和歌文学会

装幀　芦澤　泰偉
発行者　池田　圭子
発行所　有限会社　笠間書院
東京都千代田区神田猿楽町2-2-3［〒101-0064］
電話　03-3295-1331　FAX 03-3294-0996

NDC分類 911.08

ISBN978-4-305-70615-7
印刷／製本：シナノ
乱丁・落丁本はお取り替えいたします。
（本文用紙：中性紙使用）

コレクション日本歌人選 第Ⅰ期～第Ⅲ期

*印は既刊。

第Ⅰ期 20冊 2011年（平23）2月配本開始

#	歌人	よみ	著者
1	柿本人麻呂*	かきのもとのひとまろ	高松寿夫
2	山上憶良*	やまのうえのおくら	辰巳正明
3	小野小町*	おののこまち	大塚英子
4	在原業平*	ありわらのなりひら	中野方子
5	紀貫之*	きのつらゆき	田中登
6	和泉式部	いずみしきぶ	高木和子
7	清少納言*	せいしょうなごん	圷美奈子
8	源氏物語の和歌	げんじものがたりのわか	高野晴代
9	相模	さがみ	武田早苗
10	式子内親王*	しょくしないしんのう（しきしないしんのう）	平井啓子
11	藤原定家*	ふじわらていか（さだいえ）	村尾誠一
12	伏見院*	ふしみいん	阿尾あすか
13	兼好法師*	けんこうほうし	丸山陽子
14	戦国武将の歌*		綿抜豊昭
15	良寛	りょうかん	佐々木隆
16	香川景樹*	かがわかげき	岡本聡
17	北原白秋*	きたはらはくしゅう	國生雅子
18	斎藤茂吉*	さいとうもきち	小倉真理子
19	塚本邦雄*	つかもとくにお	島内景二
20	辞世の歌*		松村雄二

第Ⅱ期 20冊 2011年（平23）9月配本開始

#	歌人	よみ	著者
21	額田王と初期万葉歌人	ぬかたのおおきみとしょきまんようかじん	梶川信行
22	伊勢	いせ	中島輝賢
23	忠岑と躬恒	みつねとみぶのただみね おおしこうちのみつね	青木太朗
24	紫式部	むらさきしきぶ	植田恭代
25	西行	さいぎょう	橋本美香
26	今様	いまよう	植木朝子
27	飛鳥井雅経と藤原秀能	あすかいまさつね ふじわらひでよし	稲葉美樹
28	藤原良経	ふじわらりょうけい	小山順子
29	後鳥羽院	ごとばいん	吉野朋美
30	二条為氏と為世	にじょうためうじ ためよ	日比野浩信
31	永福門院	えいふくもんいん（ようふくもんいん）	小林大輔
32	頓阿	とんあ（とんな）	小林守
33	松永貞徳と烏丸光広	まつながていとく からすまみつひろ	高梨素子
34	細川幽斎	ほそかわゆうさい	加藤弓枝
35	芭蕉	ばしょう	伊藤善隆
36	石川啄木	いしかわたくぼく	河野有時
37	漱石の俳句・漢詩		神山睦美
38	若山牧水	わかやまぼくすい	見尾久美恵
39	与謝野晶子	よさのあきこ	入江春行
40	寺山修司	てらやましゅうじ	葉名尻竜一

第Ⅲ期 20冊 2012年（平24）5月配本開始

#	歌人	よみ	著者
41	大伴旅人	おおとものたびと	中嶋真也
42	東歌・防人歌	あずまうた さきもりうた	近藤信義
43	大伴家持	おおとものやかもち	池田三枝子
44	菅原道真	すがわらみちざね	佐藤信一
45	能因	のういん	高重久美
46	源俊頼	みなもとのしゅんらい（としより）	高野瀬恵子
47	源平の武将歌人		上宇都ゆりほ
48	鴨長明と寂蓮	かものちょうめい じゃくれん	小林一彦
49	俊成卿女と宮内卿	しゅんぜいきょうのむすめ くないきょう	近藤香
50	源実朝	みなもとのさねとも	三木麻子
51	藤原為家	ふじわらためいえ	佐藤恒雄
52	京極為兼	きょうごくためかね	石澤一志
53	正徹と心敬	しょうてつ しんけい	伊藤伸江
54	三条西実隆	さんじょうにしさねたか	豊田恵子
55	おもろさうし		島村幸一
56	木下長嘯子	きのしたちょうしょうし	大内瑞恵
57	本居宣長	もとおりのりなが	山下久夫
58	正岡子規	まさおかしき	矢羽勝幸
59	僧侶の歌	そうりょのうた	小池一行
60	アイヌ叙事詩ユーカラ		篠原昌彦

『コレクション日本歌人選』編集委員（和歌文学会）
松村雄二（代表）・田中 登・稲田利徳・小池一行・長崎 健